SCHOTTISCHE WEIHNACHT
IN BONNY BRIDGE

JULIE CLAIRMONT

~
JEANINE KROCK

IMPRESSUM

Jeanine Krock c/o Die Wortfinderinnen
Ebertallee 47A – 38104 Braunschweig

Bildnachweise
Mikhail Leonov, Tatiana Liubimova, Kate Kreker,
Levskaia Kseniia /shutterstock.com; aprilante/stock.
adobe.com Font Palatino
Zitat »Wunder« von Gilbert Keith Chesterton (1874-1936)
Korrekturen Ursula K.
Redaktion Catherine Beck
Satz und Gestaltung Die Wortfinderinnen

Herstellung und Druck über tolino media GmbH & Co. KG,
Albrechtstr. 14, 80636 München. Printed in Germany.
Fragen zu Produktsicherheit an: gpsr@tolino.media.

KAPITEL EINS

»Au!« Evie fand sich auf ihrem Hinterteil wieder. Es wäre schlimm ausgegangen, hätte sie sich nicht geistesgegenwärtig an der Leiter festgehalten. Wenigstens mit einer Hand. In der anderen hielt sie noch das Buch, das sie aus dem obersten Regal gezogen hatte, als sie von dieser verflixten Sprosse abgerutscht war.

»Wieso steigen Sie mit solchen Schuhen auf eine Leiter?«, fragte jemand über ihr harsch.

Sie beendete die Inspektion ihrer Gliedmaßen, die soweit in Ordnung und nicht gebrochen zu sein schienen, und sah zu einem dunkelhaarigen Mann auf, der sie missbilligend musterte. Er war athletisch gebaut und ziemlich groß, aber Letzteres konnte auch an der unglücklichen Perspektive liegen.

»Entschuldigung?« Was fiel ihm eigentlich ein, sie in diesem Ton zu kritisieren?

»Sie hätten sich das Genick brechen …« Er nahm ihr

das Buch aus der Hand und legte es zu den Garten-Bild-
bänden, die auf einem Tisch dekoriert waren. »… oder
eines dieser Bücher ruinieren können.«

Sprachlos beobachtete sie, wie er den Becher, dessen
Inhalt jetzt von ihrem Arm tropfte, danebenstellte, als
wäre es vollkommen normal, in einer Buchhandlung
herumzuspazieren und lauwarmen Tee zu trinken.

Immerhin keinen kochend heißen, dachte sie und zog sich
an der Leiter hoch. Der Mann machte keine Anstalten, ihr
beim Aufstehen behilflich zu sein.

»Evie, wo bist …« Ihre Freundin stieß einen schrillen
Schrei aus. »O mein Gott, das glaube ich nicht, Connor
MacLean!«

Für einen winzigen Augenblick glaubte sie, Panik in
den blauen Augen ihres Gegenübers – der übrigens
immer noch ziemlich groß wirkte – zu erkennen, die
dann allerdings Resignation wich, als Mairie ihm ein
Buch entgegenstreckte und ihren Namen in rasender
Geschwindigkeit buchstabierte.

»Für M-A-I-R-I-E bitte«, sagte sie noch mal langsamer
und strahlte wie damals, als sie einen Preis bei der natio-
nalen Gartenschau in Kew Gardens gewonnen hatte.

»Die Signierstunde findet eigentlich nach der Lesung
statt«, murmelte er und sah sich kurz hilfesuchend um.
Als niemand zu seiner Rettung erschien, trat er an ein
Pult und schaffte es sogar, Mairie ein professionelles
Lächeln zu schenken.

Fasziniert beobachtete Evie, wie dieser *Connor
irgendwas* einen Füllfederhalter aus der Innentasche
seines tadellosen Tweed-Jacketts zog, ihn aufschraubte

und etwas ins Buch schrieb, das nicht viel länger sein konnte als sein Name – und Mairies natürlich. Danach wünschte er ihrer Freundin einen angenehmen Abend und floh.

»Danke!«, seufzte Mairie und sah ihm hinterher, bis er hinter den Bücherregalen verschwunden war. »Ist er nicht wunderbar?« Sie drehte sich zu ihr um und starrte auf den durchnässten Ärmel. »Wie siehst du denn aus, was ist passiert?«

»Der *Unvergleichliche* hat mich mit Tee übergossen.«

»Wieso das denn?«

»Ich bin von der Leiter gerutscht, als ich das hier aus dem Regal genommen habe.« Sie griff nach dem Bildband über historische Gärten des achtzehnten und neunzehnten Jahrhunderts und zeigte mit der anderen Hand in die Höhe.

Mairie kicherte. »Du bist ihm direkt vor die Füße gefallen? Manche Leute haben wirklich mehr Glück als Verstand.«

»Ja, danke. Ich habe mir nichts gebrochen«, antwortete sie grimmig und stiefelte zur Kasse.

KAPITEL ZWEI

Vor ihr lagen drei Stunden Fahrt in die Highlands, und sie war froh, dass der Zug nicht so voll war, wie sie befürchtet hatte. Evie wuchtete ihren kleinen Rollkoffer in die Gepäckablage und setzte sich auf einen freien Doppelplatz.

Als sie im Rucksack nach der Schachtel mit den Kopfhörern wühlte, ertastete sie das Buch, das ihr Mairie mit den Worten *Lies! Dann verstehst du, warum ich so ein Fangirl bin* regelrecht aufgedrängt hatte.

Mairie und sie hatten sich im Studium kennengelernt und sofort angefreundet. Sie brannten beide für ihren Beruf. Die Freundin arbeitete inzwischen im Botanischen Garten von Edinburgh und hatte sich einen Namen bei der Erforschung und Erhaltung der biologischen Vielfalt gemacht. Sie und ihr Team erforschten schottische Biodiversität, Pflanzen und Klimawandel. Evie hatte sich beruflich in eine andere Richtung orientiert und ein paar Jahre auf einem privaten Anwesen gearbeitet, dessen Besitzerin die inzwischen nahezu vollständig rekonstruierte historische Gartenanlage vermutlich mehr liebte als ihre Familie.

Dort war ihr Wunsch gereift, andere Gärten ebenfalls aus dem Dornröschenschlaf zu erwecken, und als sich die Gelegenheit bot, für Jarvis Featherswallow, einen der renommiertesten *Gardening Consultants* des Landes, zu arbeiten, hatte sie ohne lange nachzudenken zugegriffen. Inzwischen war sie sich nicht mehr so sicher, ob es eine gute Idee gewesen war, denn ihr Boss gehörte zu den Menschen, die ihr Wissen ungern teilten — eher ungeliebte Aufgaben aber sehr wohl.

Daher kam es, dass sie nun kurz vor Weihnachten auf dem Weg nach Torgorm Castle war, um eine Bestandsaufnahme des dortigen Gartens zu machen. Die wenigen Fotos allerdings waren nicht ermutigend. Es schien nicht mehr viel von der ursprünglichen Anlage erhalten zu sein. Der Besitzer, Duncan Murray, Lord Torgorm, wollte wissen, ob noch etwas zu retten sei.

Ihr Chef ahnte nicht, dass er ihr damit einen Gefallen getan hatte. Erstens hatte diesen Garten seit Jahrzehnten niemand mehr begutachten dürfen, weil die Vorbesitzer nichts davon wissen wollten, und zweitens stammte Evie ursprünglich aus Aberdeen und liebte die Highlands.

Ihre Adoptiveltern waren die großzügigsten Menschen, die sie sich vorstellen konnte, aber sie hatten von Anfang an darauf bestanden, dass das kleine

Schwarze Mädchen aus einfachen Verhältnissen *richtiges* Englisch lernte und nicht mehr Scots sprach. Als sie damals sechsjährig in dem malerischen Dorf unweit von Bath ankam, hatte sie schlichtweg niemand verstanden, und in der Schule sollte sie wegen ihres *Dialekts* die Klasse wiederholen – was ihre neue Mum zu verhindern wusste.

»Einen ersten Eindruck kannst du kein zweites Mal machen«, war eine der Lebensweisheiten ihrer Familie. »Menschen beurteilen einander zuerst nach Äußerlichkeiten, und sie haben Vorurteile, das weißt du. Eine Hautfarbe hat man, aber die Sprache kann man ändern.«

Und sie hatten recht gehabt. Immer wieder traf Evie Menschen, die sich nicht vorstellen konnten, dass eine Schwarze eine talentierte Gärtnerin sein konnte, aber mit ihrem Akzent der britischen Oberschicht überraschte sie noch mehr. Natürlich war das verletzend, aber es bereitete ihr manchmal auch Freude, mit der näselnden Arroganz einer geborenen Lady auf überhebliche Bemerkungen zu reagieren.

Vorgestern, als sie Connor MacLean direkt vor die Füße gefallen war, hatte ihr diese Souveränität allerdings gefehlt. Der Mann war einfach zu irritierend. Inzwischen wusste sie nahezu alles über diesen Bestsellerautor, dessen Bücher kürzlich für eine Serie verfilmt worden waren und der damit einen großen Hype ausgelöst hatte. Sie war überrascht gewesen zu erfahren, dass dieser missmutige Mensch Romane schrieb, die Millionen Leserinnen – und vermutlich auch eine Menge Leser - zu Tränen rührten.

Bei mir wird es nicht funktionieren, dachte sie und schlug das Buch, wie es ihre Gewohnheit war, von hinten auf. Gut sah er schon aus, mit dem dunklen Haarschopf, der ein bisschen zu lang war für das aristokratische Gesicht mit den klaren Linien, die ihm einen entschlossenen Ausdruck verliehen. Auf dem Foto wirkten der direkte Blick und ein angedeutetes Lächeln, als wisse er genau, was sie dachte. Als hätte er sie bei etwas Ungehörigem erwischt, schlug sie schnell die erste Seite auf und begann zu lesen.

Drei Stunden später wurde ihre Station angekündigt, und Evie hatte noch nicht mal ihren Proviant verspeist, obwohl sie den normalerweise bereits kurz nach der Abfahrt auspackte. Gefesselt von der Story und den vielschichtigen Charakteren hatte sie den Roman nicht aus der Hand legen können. Connor MacLean mochte ein arroganter Kerl sein, aber hey, er wusste eine Geschichte zu erzählen!

Schnell steckte sie das Buch in den Rucksack, schnappte sich ihren Koffer und stieg aus dem Zug. Der Bahnhof war winzig, und die wenigen Leute, die mit ihr angekommen waren, eilten mit hochgeschlagenen Kragen zum Ausgang, während die Bahn bereits weiterfuhr. Es war kalt geworden in den letzten Tagen. Am Himmel jagten die Wolken über einen blauen Himmel und trieben Schatten übers Land, die graublauen Berge in der Ferne trugen eine Haube aus Schnee.

Sie zog ihren Schal fester und sah sich um.

Lord Torgorm hatte gesagt, dass er jemanden schicken würde, um sie abzuholen.

Vielleicht wartete derjenige auf dem Parkplatz. Sie nahm ihren Rollkoffer fester in die Hand. Nun war sie doch ein wenig aufgeregt. Bei diesen Gartenbesichtigungen wusste man nie, was einen erwartete.

Der Bahnhofsvorplatz war menschenleer, doch kaum hatte Evie einen Blick auf die Uhr geworfen, da näherte sich ein riesiger SUV. Bevor der Wagen zum Stehen kam, rutschte er ein Stück über den Schotter, dann passierte nichts mehr. Sie überlegte schon, ob sie rübergehen sollte, als die Tür aufflog.

Eine Frau stieg aus, sie war eindeutig schwanger. »Miss Clark?«, fragte sie mit französischem Akzent.

Erleichtert nickt Evie. »Das bin ich.«

»Kommen Sie, kommen Sie.« Die Frau öffnete eine hintere Tür. »Den Koffer müssen wir auf den Rücksitz legen. Ich war beim Einkaufen, das hat alles so furchtbar lange gedauert.« Sie zeigte auf ihren Bauch und verzog das Gesicht. »Ich hatte ganz vergessen, wie langsam man damit wird. Hoffentlich haben Sie nicht zu lange warten müssen.«

»Nein, gar nicht«, sagte Evie etwas überwältigt von dem Wortschwall. Nachdem es ihr gelungen war, den Koffer trotz der Kindersitze unterzubringen, stieg sie ein und nahm ihren Schal ab. Die Heizung lief auf Hochtouren.

»Ziehen Sie lieber Ihre Jacke aus«, sagte die Frau und klemmte sich hinters Lenkrad. »Dieses Fahrzeug ist der einzige Ort, an dem es richtig warm wird, und ich muss das ausnutzen. Torgorm ist zugig und kalt. Ich hoffe, Sie haben sich genügend Wintersachen mitgebracht.« Sie warf ihr einen schnellen Blick zu, bevor sie auf die Hauptstraße abbog. »Wenn nicht, kann ich Ihnen etwas leihen – oder die Freundin meines Bruders. Sie müssten die gleiche Größe haben.« Sie lachte. »Die beiden sind mit meiner Nichte aus Südfrankreich gekommen, um mit uns Weihnachten zu feiern, und ich glaube, Yael hat sich auf eine Nordpol-Expedition vorbereitet. Du liebe Güte, ich habe mich noch gar nicht vorgestellt. Charlotte Murray, mein Mann und ich, wir legen keinen großen Wert auf den Titel.«

Dieser lebhafte Wirbelwind war also Lady Torgorm. »Angenehm«, sagte sie und versuchte, sich aus der Daunenjacke zu schälen. Es war furchtbar heiß in diesem riesigen Auto.

Man unterschätzt in Schottland häufig die Entfernungen, dachte Evie, als sich der lichte Wald öffnete, durch den sie über eine schmale Straße gefahren waren, und einen ersten Blick auf das Schloss freigab. Ein Stück weiter passierten sie das prächtige Eingangstor zum Anwesen, auf dessen Pfosten je ein Hirsch aus Bronze lag, um die Auffahrt zu bewachen.

Hätte die Sonne nicht genau in diesem Augenblick das Gemäuer in abendliches Licht getaucht, wäre sie sicher gewesen, in ein finsteres Märchenschloss entführt worden zu sein. Es schien hauptsächlich aus Bögen und Erkern, schiefergedeckten Türmen und Türmchen zu bestehen und war in grauem Granit erbaut. Naturstein-Einfassungen wirkten wie Spitzenkanten, sie betonten die unterschiedlichen Ebenen, und Evie konnte beim besten Willen nicht sagen, ob das Haus zwei oder drei Etagen hatte.

»Wow! Das ist beeindruckend«, war alles, was sie herausbringen konnte. Evie hatte schon verschiedene Herrenhäuser und Schlösser besichtigt, aber für einen kurzen Augenblick wünschte sie sich, hier zu wohnen, statt im Dorf-Pub, in dem ein Zimmer für sie reserviert war.

»Genau meine Worte, als ich es zum ersten Mal gesehen habe.« Charlotte Murray stieg aus, und gemeinsam gingen sie über den geschotterten Vorplatz zum Haus. Wenn irgend möglich, war die Eingangshalle noch beeindruckender und auch ein wenig unheimlich, denn an den hohen Wänden hingen mindestens drei Dutzend Schwerter. Dazwischen blickten Hirsche mit stattlichen Geweihen auf sie herab.

»Sagen Sie nichts. Mein Schwiegervater war sehr traditionell«, sagte Charlotte Murray. »Ich arbeite noch daran, dieses Waffenarsenal und vor allem die toten Tiere in einen der Türme umzusiedeln.«

Das Haus schien leer zu sein, jedenfalls kam ihnen kein dienstbarer Geist zur Begrüßung entgegen, und Evie bot an, der Hausherrin beim Auspacken ihrer Einkäufe behilflich zu sein.

»Das ist fürchterlich nett von Ihnen, aber Lexi fährt

den Wagen direkt vor die Küche, dann muss man all das Zeug nicht so weit schleppen. Kommen Sie, ich zeige Ihnen Ihr Zimmer.«

Sie fand es seltsam, dass sie erst hierherfuhren, nur um gleich ins Dorf zurückzukehren, durch das sie gerade gekommen waren, doch als sie sich umdrehte, um wieder hinauszugehen, sagte Charlotte Murray: »Ach, das habe ich vergessen: Sie wohnen hier bei uns. Wir haben gedacht, es wäre einfacher, weil Sie ja nur wenig Zeit haben und so die Wege kürzer sind.« Vertraulich beugte sie sich vor und fügte hinzu: »Ich sollte das nicht sagen, aber die Zimmer im *The Clachneart* sind etwas in die Jahre gekommen.«

»Oh! Danke sehr.« Evie lächelte sie an. »Um ehrlich zu sein, haben Sie mir gerade einen meiner Mädchenträume erfüllt. Wer würde nicht in Dornröschens Schloss übernachten wollen? Vielen Dank für die Einladung, dann werde ich mal den Koffer holen.«

»Den lasse ich Ihnen gleich hinaufbringen, kommen Sie.«

Das Zimmer lag in der dritten Etage in einem der Türme. Oder vielmehr in der zweieinhalbsten, wenn sie die Treppenabsätze und Stufen unterwegs richtig gezählt hatte. Im ersten Stock hatte Charlotte ihr den Schlüssel mit einem Seufzer in die Hand gedrückt und sich entschuldigt. »Wir essen um sieben. Ich weiß, das ist schockierend früh, aber wegen der Kinder … Ich sage meinem Mann Bescheid, dass Sie da sind, dann können Sie beide vorher schon ein paar Details besprechen.«

Damit watschelte sie davon und Evie war ihr dankbar, denn sie trieb ein dringendes Bedürfnis eilig die Treppen hinauf in die oberste Etage, wo sie nach zwei vergeblichen Anläufen die Tür fand, hinter der drei weitere Stufen in ein rundes Turmzimmer führten.

Das Bad war klein, aber offensichtlich erst kürzlich renoviert, ebenso wie der gesamte Raum mit den gebogenen Wänden und einem herrlichen Blick übers Tal. Evie konnte ihr Glück kaum fassen. Die Berggipfel leuchteten rosa in der untergehenden Sonne, und von hier oben wurde klar, dass das Dorf längst nicht so weit entfernt lag, wie sie gedacht hatte. Das Castle lag auf eine Anhöhe, die sich zu einem See senkte. Das Ufer war von Wiesen und kleinen Baumgruppen gesäumt. Halb versteckt von einem dieser Gehölze erkannte sie ein weiß gestrichenes Cottage mit Garten. Sie öffnete ein Fenster und hörte Kindergelächter. Gleich darauf kamen drei etwa gleichaltrige Mädchen angerannt, gefolgt von drei Erwachsenen in Gummistiefeln und praktischer Kleidung. Ein Mann trug ein viertes Kind auf den Schultern, ein anderer hatte Taschen dabei, aus denen Angelzeug ragte, und die Frau einen Korb, in dem sich der Fang befinden mochte. Das mussten Duncan Murray und der französische Schwager mit seiner Freundin sein.

Es klopfte an der Tür und eine junge Frau kam die Stufen herauf. »Hallo, ich bin Lexi. Hier ist Ihr Gepäck.« Sie stellte den Koffer ab und sah sich um. »Ist alles in

Ordnung mit dem Zimmer? Es ist hübsch, nicht wahr?« Ihr schottischer Akzent war nicht zu überhören.

»Aye«, sagte Evie. »Es ist wunderbar, wenn man es erst einmal gefunden hat. Sehr verwunschen. Ich bin übrigens Evie.«

Lexi lachte. »Willkommen im *Torgorm-Labyrinth*. Dieser Teil des Hauses ist schon renoviert. Auf der anderen Seite ist es wirklich verwunschen. Aber die Kinder lieben das. Wenn Sie etwas brauchen oder sich verlaufen, rufen Sie mich einfach an.« Lexi gab ihr eine Karte, auf der ihre Handynummer notiert war. »Die Glocken fürs Personal haben wir eingemottet. Mangels Personal«, fügte sie grinsend hinzu.

»Lady Torgorm sagt, es wird um sieben Uhr gegessen. Ich war nicht darauf eingerichtet, hier zu übernachten«, sagte Evie. »Was zieht man denn da an?«, fügte sie verlegen hinzu.

»Ach, das ist ganz informell.« Sie warf einen Blick auf ihre Jeans. »Vielleicht die nicht.« Ihr Smartphone piepste, und sie entschuldigte sich. »Aye, ich bin grad oben. Ich richte es aus.« Sie wandte sich ihr wieder zu. »Charlotte sagt, ihr Mann zöge sich nur um und würde dann in der Bibliothek warten. Die ist im ersten Stock.«

»Geht hier alles per Handy?«, fragte sie beeindruckt.

Lexi zuckte mit den Schultern. »Es ist das Einfachste. Niemand hat Lust, dauernd die Treppen rauf und runter zu rennen. Duncan arbeitet daran, ein *intelligentes* Haus einzurichten, wo man alles mit dem Smartphone bedienen kann. Ich muss weiter, sonst gibt es kein Abendessen. Wir sehen uns später.«

Evie sah ihr hinterher. Die quirlige Haushälterin wirkte mindestens so lebhaft wie ihre Arbeitgeberin.

Nun war sie wirklich gespannt auf Duncan Murray. Schnell packte sie den Koffer aus und hängte ihre Sachen auf. Viel Auswahl hatte sie nicht. Die Arbeitskleidung für den Garten kam natürlich nicht infrage, und bei dem Kleid, das sie aus einer Laune heraus im Sale in Edinburgh gekauft hatte, war sie sich nicht sicher. Es war vielleicht zu mädchenhaft, um einen seriösen ersten Eindruck zu machen. Also entschied sie sich für das dafür ohnehin vorgesehene Business-Outfit, einen dunkelblauen Hosenanzug. Behutsam fasste sie ihre Locken zusammen, drehte sie zu einem lockeren Dutt, legte ein dezentes Make-up auf und griff nach dem Tablet.

Ihr Herz klopfte wild, und Evie holte noch einmal tief Luft, bevor sie die Treppen hinunterlief. Dieser Job war so unglaublich wichtig für sie. Wenn es ihr gelang, den Lord zu überzeugen, und er Featherswallows Firma beauftragte, hatte ihr Boss versprochen, die Probezeit vorzeitig zu beenden und sie zukünftig häufiger mit ähnlichen Projekten zu betrauen. Aber ihr war klar, dass ein Auftraggeber wie dieser mehr als eine Firma anfragen und Entwürfe wie auch die Kosten vergleichen würde.

In der ersten Etage sah sie sich ratlos um. Hinter welcher Tür verbarg sich nun die Bibliothek?

»Hallo, wer bist du?« Eines der Mädchen, die sie vorhin gesehen hatte, sah neugierig zu ihr auf.

»Ich bin Evie, und du?«

»Isla Murray«, antwortete die etwa Achtjährige.

»Hallo Isla, ich suche die Bibliothek. Kannst du mir helfen?«

Das Kind zeigte auf eine Tür. »Da dürfen wir aber nicht allein reingehen.«

Jemand rief nach ihr.

»Ich komme!« Sie wirbelte herum und war im Nu verschwunden.

Evie klopfte und folgte dem einladenden *Herein*.

KAPITEL DREI

Der Mann, der mit einem geschäftsmäßigen Lächeln von seinem Schreibtisch aufstand, um sie zu begrüßen, kam ihr eigentümlich bekannt vor. Vielleicht war er häufiger in der Presse oder im TV, dachte sie. Sie ärgerte sich, keine weiteren Informationen über die Murrays gegoogelt zu haben. Das hatte sie während der Zugfahrt tun wollen. Aber da war sie ja unerwartet in dieser faszinierenden Familiensaga versunken, die ein anderer, ebenfalls äußerst attraktiver Mann verfasst hatte.

»Ich habe uns Tee gemacht, möchten Sie eine Tasse?« Er bot ihr Platz an, setzte sich ebenfalls und schob ein Tablett über den Tisch, von dem sie sich bediente.

Während sie sich Tee einschenkte, war ihr bewusst, wie er sie beobachtete, und Evie wappnete sich gegen das, was nun kommen würde.

»Bitte entschuldigen Sie, wenn ich so direkt bin«, unterbrach Duncan Murray ihre Gedanken. »Würden Sie das Projekt betreuen? Vorausgesetzt, ich entschiede mich für Ihre Firma, natürlich.«

»Ich denke schon«, antwortete sie nicht ganz wahrheitsgemäß, denn ihr Chef hatte sich noch gar nicht dazu geäußert. Aber sie wollte dieses Projekt unbedingt machen. Selbst wenn es bedeutete, viel Zeit in einer abgelegenen Gegend wie dieser zu verbringen. Ihre Chancen standen vielleicht gar nicht so schlecht, denn Mr Featherswallow fand, Schottland sei nur etwas für Schafe und Lachs. Er würde bestimmt versuchen, Reisen in den Norden zu vermeiden, so gut es ging.

Der Lord sprach weiter: »Sie müssten dann viel Zeit in Bonny Bridge verbringen, und ihre Familie …«

»Das wäre kein Problem«, sagte sie hastig. »Es ist ja nicht so, dass man hier hinter *den Sieben Bergen* ohne Verkehrsanschluss lebte.«

Er schmunzelte. »Manchmal fühlt es sich allerdings danach an. Also gut, lassen Sie uns sehen, was wir an Unterlagen haben. Das Haus wurde 1876 auf den Grundsteinen eines sehr viel älteren Castles erbaut, und Gärten wird es immer gegeben haben. Ich möchte insgesamt nicht zu stark in die Natur eingreifen, aber wenn etwas Erhaltenswertes aus der Gartenanlage die Zeit überdauert hat, dann müssen wir darüber nachdenken. Sehen Sie mal hier …« Er breitete eine alte Karte aus und gemeinsam beugten sie sich darüber.

Seltsamerweise hatte Evie das Gefühl, gerade eine wichtige Prüfung bestanden zu haben. Zuversichtlich stürzte sie sich in dieses spannende Projekt. Die Karte zeigte bereits, was allgemein vermutet wurde: Die Gärten von Torgorm Castle waren von historischer Bedeutung und unbedingt erhaltenswert. Ihre Aufgabe würde es sein, den heutigen Zustand zu dokumentieren. Aber sie würde Mr Featherswallow Vorschläge machen, und wenn sie gut genug waren, würde er ihr die Leitung dieses Projekts womöglich tatsächlich anvertrauen.

Es war längst dunkel draußen, und sie saßen immer noch im Schein einer einzelnen Lampe über die Pläne gebeugt am Tisch, als unten in der Halle ein Gong ertönte.

»Du lieber Himmel, schon so spät?« Duncan Murray richtete sich auf und stemmte dabei die Hände in den Rücken, als habe er Schmerzen. »Kommen Sie, wir werden uns stärken, und morgen zeige ich Ihnen dann, was von den Gärten übrig geblieben ist.«

Er machte eine einladende Geste. »Eigentlich hat meine Frau einen Salon dafür vorgesehen, aber da ist die Heizung nicht in Ordnung. Sie können gern hier arbeiten, wenn Sie möchten. Platz ist genug, und die Bibliothek hat den Charme, dass hier weder die Kinder noch die Hunde allein Zutritt haben.«

»Hunde?«, fragte sie erschrocken.

»Mögen Sie keine Hunde?«, fragte er, als wäre ihm so was noch nie in den Sinn gekommen.

»Eigentlich mag ich alle Tiere. Jedenfalls, wenn sie weniger als sechs Beine haben.« Sie lachte verlegen. »Nur vor großen schwarzen Hunden habe ich ziemlich Respekt. Ich bin als Kind von einem gebissen worden«, fügte sie erklärend hinzu.

»Verstehe«, sagte er und öffnete die Tür für sie.

»Machen Sie sich keine Sorgen, hier wird Sie niemand beißen.«

Das Abendessen wurde zu einem bemerkenswerten Erlebnis. Sie war es zwar von ihren Familientreffen gewohnt, in großer Runde am Tisch zu sitzen, aber viele Menschen, die durcheinanderredeten, lachten und stritten, waren immer eine Herausforderung für sie. Meist begnügte sich Evie damit, zuzuhören und die anderen zu beobachten. Das tat sie auch heute, obwohl sie nur zu acht waren, bis die Französin ihr zuraunte: »So ein Schloss kann ganz schön überwältigend sein, nicht wahr?«

»Stimmt«, sagte sie und beobachtete fasziniert, wie der Schlossherr versuchte, seinem Sohn, der vielleicht drei Jahre alt sein mochte und noch in einem Kinderhochstuhl saß, die glasierten Karotten schmackhaft zu machen, während seine Frau geschickt zugriff, als eines der Mädchen wild gestikulierend von ihrem Angelabenteuer erzählte und dabei beinahe die Wasserkaraffe umgeworfen hätte.

»Ich bin Yael«, sagte die Französin und hob ihr Glas.

»Evie.« Sie spiegelte die Geste und lächelte. »Yael ist ein schöner Name.«

»Danke sehr. Darf ich dich etwas fragen? Lebst du hier in der Nähe?«

Evie erzählte bereitwillig, dass sie nicht weit von Bath in den Cotswolds aufgewachsen war und inzwischen auf halber Strecke nach London lebte.

»Bist du da auch geboren?«

Sie zuckte innerlich zusammen. Ausgerechnet von dieser Frau hätte sie die Frage nicht erwartet. »Ich bin Britin.«

Zu ihrer Überraschung lachte Yael und legte ihr eine Hand auf den Arm. »Das habe ich nicht gemeint. Ich dachte nur ... eine Freundin von mir hat in Cambridge studiert und klingt ganz genau so wie du.«

»Ich habe nicht ...« Aber ihre Eltern hatten beide dort ihren Abschluss gemacht. »Das kannst du hören?«

»Manchmal schon«, sagte Yael und schenkte ihr ein so strahlendes Lächeln, dass sie das Gefühl hatte, darin zu baden.

»Und du?«, platzte es aus ihr heraus. »Ich war noch nie in Südfrankreich.«

»Eine großartige Gegend. Schade, dass ihr nicht mehr in der EU seid. Damals war alles so viel einfacher.« Sie warf einen schnellen Blick zu David, der eine Diskussion mit seiner Schwester in rasantem Französisch führte. »Über alles darf ich reden, aber nicht über Politik, hat David gesagt. Ich bin Französin, meine Mutter lebt in Israel, und meine Schwester ist gerade aus den USA in die Provence gezogen.« Ein zweiter Blick zu ihrem Freund folgte. Er schien das gespürt zu haben und schenkte ihr ein Lächeln, das verriet, wie sehr er sie liebte. »Wie es aussieht, werde ich dort auch Wurzeln schlagen.«

. . .

Nach dem Abendessen verabschiedete sich Duncan, um die Kinder ins Bett zu bringen. Charlotte begleitete sie in einen gemütlichen Wohnraum und entschuldigte sich. »Ich bin unfassbar müde. Wir sehen uns morgen, ihr Lieben.«

Allein bleiben mit den offensichtlich frisch verliebten Yael und David wollte Evie nicht. Sie wünschte ihnen ebenfalls eine gute Nacht und ging hinauf in ihr Zimmer.

Zwei Stunden später klappte sie ihr iPad zu und machte sich bettfertig. Vor dem Schlafengehen öffnete sie noch einmal das Fenster. Die längste Nacht des Jahres lag gerade erst hinter ihnen, und am See stand der Wald still und dunkel. Über dem Dorf aber zeichnete das Licht der Straßenlaternen silberne Höfe in die eisige Luft, und am Ufer floss es golden aus dem Cottage am See bis ins Wasser. Sie hoffte, Zeit zu finden, das Haus bei Tageslicht aus der Nähe zu betrachten, um herauszufinden, weshalb es sie auf eine so irritierende Weise anzog.

KAPITEL VIER

Als Evie aufwachte, fühlte sie sich einen Augenblick lang orientierungslos, bis ihr einfiel, wo sie war. Sie schlug die Decke zur Seite und fröstelte. Duncan hatte gestern von einer Nachtabsenkung der Heizung erzählt, und offensichtlich war die noch aktiv. Sie schlüpfte in die freundlicherweise zur Verfügung gestellten Filzpantoffeln und stieg aus dem Bett. Draußen rangen Tag und Nacht um die Vorherrschaft, aber Evie liebte das schonungslose Licht eines frühen Morgens. Sie ging kurz ins Bad, zog die Gartenkleidung an und stülpte sich ihre Ballonmütze über das Seidentuch, das sie zur Nacht immer um ihre Frisur schlang, um zu verhindern, dass sie *frizzy* oder, wie ihre Freundinnen sagten, *krisselig* wurden.

Evie war stolz auf ihre langen Locken, auch wenn es reichlicher Zuwendung bedurfte, um die zur Trockenheit neigenden Haare gesund zu erhalten.

Zu spät fiel ihr ein, dass sie gar nicht wusste, wie man

das Haus zu so früher Stunde verlassen konnte. Doch in der Küche brannte bereits Licht, und als sie hineinsah, stand Lexi pfeifend an einem großen Tisch und knetete Teig. »Guten Morgen, du bist aber früh auf«, begrüßte die Haushälterin sie.

»Ich bin so gespannt auf den Garten«, sagte sie verlegen.

»Der Küchengarten ist super. Im Sommer ernten wir dort und in den Gewächshäusern alles, was wir brauchen.« Sie tauchte ihre Hände in Mehl und nahm sich einen neuen Teigklumpen vor. »Im Grunde könnten wir Selbstversorger sein, aber zu zweit und mit dem Haus ist es einfach nicht zu schaffen, wenn man sich nicht kaputtarbeiten will.« Sie lachte fröhlich, als hätte sich nicht soeben die Misere der Gegenwart enthüllt, in der kein kleines Heer an Bediensteten mehr zur Verfügung stand, um einen solchen Haushalt in Schwung zu halten. »Hausgäste können sich übrigens jederzeit selbst bedienen.« Sie zeigte auf einen offenen Raum, der mit einem langen Esstisch und einer antiken Anrichte an die Wohnküche eines normalen Hauses erinnerte. Sogar ein Weihnachtsbaum war aufgestellt worden. Es sah gemütlich aus. Früher hatte hier vermutlich das Personal gegessen.

»Wir kochen und essen oft da drüben. Aber jetzt zu Weihnachten ist alles etwas größer.«

»Und du machst das ganz allein?«

»Aus dem Dorf kommen zwei Frauen zum Saubermachen, nur über die Feiertage haben sie zu Hause selbst genug zu tun. Meine Cousine arbeitet auch für die

Murrays, aber sie hat sich ein Bein gebrochen und fällt erst mal aus.«

»O je, wenn du Hilfe brauchst …«

»Danke, das ist lieb von dir. Aber ich will dich nicht länger aufhalten. Wenn du Appetit auf Kaffee und frische Crumpets hast, melde dich einfach.«

Evie trat hinaus in die eisige Luft. Es roch nach Schnee. Besorgt sah sie zum Himmel. Besser, sie begann sofort mit ihrer Inventur.

Eine Stunde später hatte sie Hunderte Fotos gemacht. Nachher wollte sie die noch mit Aufnahmen von oben ergänzen. Viele Kolleginnen arbeiteten inzwischen mit Drohnen, denn aus der Luft waren häufig Strukturen zu erkennen, die man zu ebener Erde nicht mehr sah. Jarvis Featherswallow besaß auch eine, aber die hatte er ihr mit der blöden Bemerkung *Frauen und Technik* nicht anvertrauen wollen. »So ein Idiot«, murmelte sie ärgerlich.

»Was haben Sie hier zu suchen?«

Die dunkle Stimme ließ sie zusammenfahren. Evie drehte sich um und erstarrte.

Der Mann sah sie ungläubig an. »Sie!«

»Würden Sie bitte den Hund …«, stammelte sie, unfähig, sich zu bewegen, als ein großes schwarzes Tier an ihrer Hand schnüffelte und ein zweites sie aufmerksam musterte. Es war nicht direkt ein Angriff, aber das Herz schlug ihr bis zu Hals.

»Suki, Gordon, Platz!«

Die Hunde gehorchten sofort, und Evie atmete erleichtert aus.

»Spionieren Sie mir nach?«

»Wie bitte?«

»War das in Edinburgh nur ein misslungener Trick?«, verlangte er zu wissen.

Allmählich dämmerte es ihr. Da stand ein äußerst aufgebrachter Connor MacLean, der offensichtlich unter der wahnhaften Vorstellung litt, sie sei ihm gefolgt, um – wer weiß was zu tun. Was Groupies eben so anstellten, um ihren Helden nahe zu sein.

»Sie, mein Lieber, interessieren mich nicht die Bohne. Ich wüsste gern, was Sie hier am frühen Morgen zu suchen haben. Das ist Privatbesitz«, sagte sie und fixierte ihn mit einem Blick, der schon ganz andere in die Flucht geschlagen hatte.

Connor MacLean aber war nicht so leicht zu beeindrucken. Seine Mundwinkel verzogen sich abfällig. »Sehen Sie zu, dass Sie verschwinden. Wir schneien demnächst ein, und dann sind Sie aufgeschmissen.« Er drehte sich auf dem Absatz um, die Hunde folgten ihm auf dem Fuß, und sie war sicher, einen saftigen Fluch in Scots zu hören, der mit einem ärgerlichen *Sassenach* endete.

Evie versuchte noch eine Weile weiterzuarbeiten. Doch sie konnte sich nicht mehr konzentrieren und sah ein, dass sie nach dieser unerfreulichen Begegnung eine Pause gebrauchen konnte. Kaffee und Crumpets klang auf einmal sehr verlockend.

Wenig später bestrich sie das ofenwarme Hefegebäck mit Frischkäse, ließ etwas Erdbeermarmelade vom Löffel darauf tropfen und kostete von ihrer sündigen Mahlzeit. »Köstlich! Sag mal, weißt du, wer dieser grimmige Typ mit den beiden riesigen Hunden ist?«

Lexi hielt in der Bewegung inne. »Das war Connor, Duncans Bruder. Er wohnt drüben im Cottage am See und kommt manchmal zum Frühstück rüber.«

»Ich glaube, heute hat er es sich anders überlegt.« Evie trank einen Schluck bitteren Kaffee. »Warum haben sie unterschiedliche Nachnamen?«

»Wie?« Plötzliches Begreifen zeichnete sich auf Lexis Gesicht ab. »Ach, du hast ihn erkannt? Connor veröffentlicht seine Bücher unter dem Mädchennamen der Mutter. Er hasst den Rummel, der um seine Person gemacht wird.«

»Das wusste ich nicht.« Sie leerte ihre Tasse. »Dann werde ich mal weitermachen«, sagte sie fröhlicher, als ihr zumute war. Lieber Himmel, sie hatte den Bruder ihres Gastgebers verärgert. Und noch schlimmer, Duncan Murray schien große Stücke auf dessen Meinung zu halten, denn am späten Vormittag waren sie zu dritt verabredet, um ihr weiteres Vorgehen zu besprechen. *Na großartig!*

Kurz vor elf kehrte Evie durchgefroren ins Haus zurück, und sie war ganz froh, dass ihr auf dem Weg nach oben niemand begegnete. Auf das Wiedersehen mit dem missmutigen Schriftsteller freute sie sich wirklich nicht. Andererseits würde ihm spätestens dann klar werden, dass er sie zu Unrecht beschuldigt hatte. Ihre Gedanken kreisten immer noch um ihn, als sie unter die Dusche ging, und plötzlich musste sie lachen.

Dass der ausgerechnet mich für ein durchgeknalltes Groupie hält, das heimlich Fotos von seinem Zuhause macht, ist schon eine echte Frechheit, dachte sie. So was würde nicht mal ihre Freundin Mairie fertigbringen, und die war ein richtiges Fangirl. *Oder vielleicht doch?*

Während sie die ausgewaschene Jeans und einen weichen, hellblauen Cashmere-Pullover anzog, entschied Evie, ihrer Freundin vorerst nichts von der morgendlichen Begegnung zu erzählen.

Sie schlüpfte in farblich passende Sneaker und sah auf die Uhr. Zehn Minuten zu spät. Hastig schnappte sie sich ihre Unterlagen und rannte die Treppen hinunter in die erste Etage. Mit Schwung bog sie in den Gang zur Bibliothek ein und kollidierte mit einer Wand. Einer warmen und höchst lebendigen Wand.

Connor! Sie hätte ihn auch mit geschlossenen Augen erkannt. Das sollte schon was heißen, denn normalerweise merkte sie sich nur Pflanzendüfte, die sie besonders schätzte. Aber vielleicht war genau das der Grund, warum die warme Mischung aus Hölzern, Leder, einem Hauch von Bergamotte und Heidekraut, die ihn umgab, ihr seit Edinburgh im Gedächtnis geblieben waren.

»Miss Clark«, sagte er spöttisch. »Mir scheint, sie haben Probleme damit, sich auf den Beinen zu halten.«

Bevor ihr eine angemessene Antwort einfiel, öffnete sich die Tür zur Bibliothek, und Duncan Murray sah heraus. »Da seid ihr ja. Miss Clark, ich habe meinem

Bruder von Ihnen erzählt. Er brennt darauf, Sie kennenzulernen.«

»Darauf würde ich nicht wetten«, sagte sie kaum hörbar und befreite sich aus dem festen Griff, der sie vor einem gefährlichen Sturz bewahrt hatte – oder auch nicht. So sicher war sie sich da auf einmal nicht mehr. *Er riecht so gut!*

Am Abend zuvor hatte sie ihre Gastgeber recherchiert. Duncan Murray, verheiratet mit einer französischen Anwältin, drei Kinder, arbeitete in Aberdeen am Projekt *Morven*, was aus dem Gälischen übersetzt *Kind des Meeres* hieß. Dieses stürmische *Kind* sollte bald über drei Millionen Haushalte mit Windstrom versorgen. Die Tabloids berichteten allerdings mehr darüber, dass das Projekt ohne die Investitionen europäischer Firmen kaum zustande gekommen wäre. Während einige Politiker und Politikerinnen forderten, deshalb daraus auszusteigen, war die Mehrheit davon überzeugt, dass es klüger gewesen wäre, in der EU zu bleiben. Sie verlangten ein Referendum, in der Hoffnung, das Vereinigte Königreich zugunsten Europas zu verlassen. Der Earl of Torgorm, schien es, hatte keine öffentliche Meinung zu diesem Thema.

Ansonsten fand sie wenig über sein Privatleben, außer dass er vor einigen Jahren die kommerzielle Forstwirtschaft aufgegeben hatte. In die Schlagzeilen war er geraten, weil er erlaubte, dass *alles Reh- und Damwild sowie der Rothirsch auf seinem Land abgeschossen wurde*. Es sei ein aussichtsloses Experiment, die alten schottischen Urwälder wären nicht zu retten, las sie auf der Website einer Jagdzeitschrift.

Zu den Reichen Schottlands gehörte die Familie nicht, wenn man von ihrem Landbesitz absah.

Die Vorfahren des Earls hatten Vermögen und ihre Titel nach der Schlacht von Culloden im achtzehnten Jahrhundert verloren, das Land aber behalten und fünf Generationen später die Titel zurückerlangt. Zwischendurch waren sie wohl mal zu Geld gekommen, damals war das Castle neu erbaut worden. Heute lebten sie, wie die meisten anderen Menschen auch, von einem mehr oder weniger normalen Gehalt.

Dennoch setzte sich Duncan dafür ein, Torgorm unter modernen Gesichtspunkten zu renovieren, sein *Estate* auf die Zukunft vorzubereiten und alles zusammen bis 2026 klimaneutral zu machen.

Als sie sich diese Fakten in Erinnerung rief, brannte ihr eine Frage auf der Zunge. »Warum wollen Sie ein Vermögen für historische Gartenanlagen ausgeben, wenn Sie das Geld dringender für den Klimaschutz benötigen?«

Die Stille, die sich wie ein gefährliches Nervengift in der Bibliothek ausbreitete, ließ sie erstarren.

»Wir haben einen Deal«, sagte Connor MacLean schließlich. »Mein Bruder kümmert sich um die Zukunft, und ich sorge dafür, dass die Vergangenheit nicht vergessen wird.«

Okay, keine weiteren persönlichen Fragen, dachte sie. Die Aufteilung klang aber vernünftig. Der Schriftsteller war mit historischen Romanen berühmt geworden, sein Bruder arbeitete in einer Zukunftsbranche.

»Und ich kümmere mich gemeinsam mit eurem Anthony um die Gegenwart. Das ist der Dritte der fürchterlichen Murrays«, fügte Charlotte als Erklärung für sie hinzu und schloss die Tür hinter sich. »Wollte er nicht längst hier sein?«

»Wann ist Anthony schon mal pünktlich?«, brummte Connor und wandte sich Evie zu. »Konnten Sie sich einen ersten Eindruck verschaffen, Miss Clark?«

Sie öffnete ihr Tablet und berichtete, was sie bisher herausgefunden hatte. »Ich muss natürlich noch die alten Pläne genauer studieren und mir ein umfassenderes Bild machen«, sagte sie. »Eine gute Nachricht vorab: Der Küchengarten ist einwandfrei in Schuss. Ansonsten fürchte ich, dass die Terrassierung erneuert werden muss, wenn Sie die barocken Strukturen bewahren wollen.« Nach einem schnellen Blick auf Connor zeigte sie eines der Fotos, die sie aus ihrem Fenster gemacht hatte. »Es wäre schade, das nicht zu tun. Sehen Sie hier, die Formen und Eingrenzungen sind alle noch gut erhalten. Wenn man sie behutsam freilegt und den Hang zum See wieder sorgfältig abstützt, könnten Sie bestimmt auch das Wasserspiel zu neuem Leben erwecken. Dafür müsste man natürlich die Leitungen prüfen, und falls die verschüttet oder bei den Abriss- und Bauarbeiten des Hauses beschädigt sein sollten, würde notfalls auch eine Pumpe helfen. Wir arbeiten aber mit einer Fachfirma zusammen, die den barocken Wassergarten von Stanway House restauriert und dort eine der höchsten natürlichen

Fontänen installiert hat. Ich bin sicher, sie würden auch Ihren *Actaeon* wieder zu Leben erwecken.«

Der weiße Hirsch am Rande eines ehemaligen Wasserbeckens hatte sie sofort an die Geschichte des jungen *Actaeon* erinnert, der das Pech hatte, die Göttin der Jagd beim Bad zu stören, woraufhin sie ihn in einen Hirsch verwandelte, in dessen Gestalt er von seiner eigenen Jagdgesellschaft getötet wurde.

»Wenn das so ist, möchte ich aber eine neue Artemis haben. Die ist nämlich samt ihrer Freundinnen der Prüderie seiner Urgroßmutter zum Opfer gefallen.« Charlotte Murray zeigte anklagend auf ihren Mann.

Evie spürte, dass Connor MacLean, oder vielmehr Murray, sie beobachtete, und versuchte, sich nicht anmerken zu lassen, wie nervös sie das machte. »Nachher werde ich mir das Waldstück bis hinunter zum See ansehen. Jedenfalls so weit wie möglich.« Sie lächelte. »Ich fürchte, im nächsten Jahr werde ich noch einmal wiederkommen müssen. Die Zeit ist ein wenig knapp. Grundsätzlich rate ich aber immer dazu, Baumbestände und Buschwerk nur behutsam auszulichten, um Sichtachsen zu schaffen. Ein Garten dient niemals allein dem Menschen, sondern zuvorderst Flora und Fauna.«

Connor stand mit einem Ruck auf. »Ich habe genug gehört.«

Evie zuckte zusammen und sah ihre Gastgeberin hilflos an, während er zur Tür ging und über die Schulter sagte: »Gib ihr den Job, Duncan. Einen Besseren dafür wirst du nicht finden.«

Zu dritt sahen sie ihm nach, bis die Tür mit einem

Klicken ins Schloss fiel, und Duncan seufzte. »Ich bitte um Entschuldigung, Miss Clark. So ist er sonst nur kurz vor einem Abgabetermin.«

»Also eigentlich immer«, sagte Charlotte Murray und stand ebenfalls auf. »Dein Bruder hat aber recht, finde ich. Und natürlich müssen Sie wiederkommen, liebe Miss Clark. Ach, das habe ich ganz vergessen: Wir sind heute bei Freunden zur Weihnachtsparty eingeladen und bleiben über Nacht. Deshalb entfällt das Abendessen. Lexi hat Ihnen bestimmt schon gesagt, dass sich Hausgäste jederzeit in der Küche selbst bedienen können. Frisches Brot und Suppe gibt es immer. Ich wette, so etwas wie unsere *Scots Broth* kennt man nicht bei Ihnen im Süden. Sie sollten Sie unbedingt probieren. Oder Sie fahren ins Pub. Duncan wird Ihnen den Schlüssel für den Jeep geben, dann sind Sie unabhängig.«

KAPITEL FÜNF

Evie hatte sich entschlossen, das Angebot anzunehmen, und war ins Dorf gefahren, um im Pub eine Kleinigkeit zu essen. Die Vorstellung, diese Nacht allein im Castle zu verbringen, fand sie äußerst beunruhigend, obwohl Lexi ein Apartment im Schloss bewohnte, aber leider im Erdgeschoss und außerdem noch auf der anderen Seite. Das zählte nicht, fand sie.

Die Häuser von Bonny Bridge waren aus dem gleichen hellgrauen Stein erbaut wie das Herrenhaus und erinnerten sie erstaunlicherweise an die Architektur der Cotswolds. Im Internet hatte sie gelesen, dass der *Laird* und Erbe des Erbauers des heutigen Castle Torgorm eine sogenannte *Dollarprinzessin* geheiratet hatte. Eine immens reiche Erbin aus den Vereinigten Staaten, mit deren Geld das Dorf nach einem furchtbaren Brand neu aufgebaut worden war. Nur die alte, ehemals katholische Kirche, deren Vorplatz heute das Zentrum bildete, war erhalten worden und wirkte im warmen Licht der Straßenlaternen auf Evie wie eine Filmkulisse. Bei näherem Hinsehen allerdings entdeckte sie ein Schild, auf dem wegen Einsturzgefahr vor dem Betreten gewarnt wurde. Auch die Läden am Kirchplatz standen leer bis auf einen, und der war schon geschlossen. Enttäuscht schloss sie den Wagen ab und umrundete einen großen Felsbrocken, bevor sie das Gasthaus betrat. In Swindon, wo sie seit einiger Zeit lebte, fiel sie nicht weiter auf, aber hier, in einem abgelegenen Tal, wappnete sie sich innerlich gegen neugierige Blicke und Ablehnung. Warme Luft und Gemurmel schlug ihr entgegen, als sie die Tür aufstieß. Ein knappes Dutzend Gäste saß an den Tischen, und einige sahen zwar zu ihr hinüber, aber außer freundlichem Interesse spürte sie nichts.

»Guten Abend«, sagte sie und trat an die Bar.

»N'Abend, *lass*. Was kann ich für dich tun?« Der rothaarige Mittzwanziger im Kilt musterte sie neugierig. »Du bist das Gartenmädchen oben aus dem Schloss, stimmt's?«, fragte er, und seine rollende Aussprache verriet, mehr noch als das Äußere, dass er hier aus der Region stammte.

»So könnte man es formulieren«, sagte sie belustigt und wies auf die Tafel neben dem Tresen. »Ich nehme ein halbes Pint *Belhaven* und würde gern etwas essen …«

»*Och, lassie*«, sagte er, und seine Stirn legte sich in Falten. »Meine Mum, die hier normalerweise kocht, ist in Inverness im Krankenhaus. Ich habe heute Chicken Curry gemacht, das ist alles …«

»Das klingt wunderbar, sehr gern.«

»Prima.« Er zeigte auf ein paar Tische. »Es dauert nicht lange.«

Sie nahm ihr Glas und setzte sich. Das Pub war in die Jahre gekommen, und leider nicht auf die gute Weise. Über der Bar blinkten Lichter in Gelb und Rot, den Farben des schottischen Königshauses. Vom Geweih eines einstmals stolzen Hirschen baumelte eine Flittergirlande, und das Set vor ihr auf dem Tisch war auch nicht besonders sauber. Charlotte Murray hatte etwas in der Art erwähnt, was die Zimmer betraf. Das machte wenig Hoffnung auf ein gutes Essen. Vielleicht hätte sie sich mit Brot und der Suppe aus der Schlossküche begnügen sollen.

»So, da wären wir.« Der junge Wirt servierte ihr eine Bowl mit Salat, Couscous und dem angekündigten Curry, dazu ein Brotkörbchen.

Ein appetitlicher Duft stieg ihr in die Nase. »Das duftet großartig.«

»Guten Appetit«, sagte er verlegen. »Ich bin übrigens Rory MacDonald.«

»*Hiya*, ich bin Evie.«

»Rory, wir haben Durst!«, rief jemand von der Bar, und er warf ihr einen entschuldigenden Blick zu, bevor er antwortete: »Untersteh dich, selbst zu zapfen, Pete! Ich komme ja schon.«

Sie hatte gerade das Besteck beiseitegelegt, als ihr Smartphone klingelt.

»Hi Mum, wie geht es euch, seid ihr gut angekommen?«

»Das wollte ich von dir wissen.«

Nachdem sie versichert hatte, dass es ihr gut ginge

und die potenziellen Auftraggeber sympathisch waren, hörte sie ihrer Mutter zu, die von der Karibik schwärmte. »Das Haus ist fantastisch. Ich hätte Marjorie gar keinen so guten Geschmack zugetraut, aber sie hat es natürlich auch nicht selbst eingerichtet. Wir essen Fisch, und die Früchte wachsen einem praktisch auf den Teller«, sagte sie lachend. »Aber wie Weihnachten wirkt es gar nicht – trotz der traurigen Tanne, die sie sich aus Kanada hat liefern lassen. Geht es noch dekadenter?«

»Eine Steigerung ist immer drin«, sagte sie belustigt. Die beste Freundin ihrer Mutter war eine kapriziöse Person, die Evies Meinung nach zu viel Geld hatte, aber keine Ahnung, wie sie es sinnvoll ausgeben sollte.

»Und was machst du gerade, Kind?«

»Ich esse ein ausgezeichnetes Curry und werde nachher noch ein bisschen arbeiten.«

»Weißt du, ich glaube, dieser Jarvis Featherswallow nutzt dich aus. Du solltest hier mit uns in der Sonne liegen oder Wasserski fahren, anstatt ausgerechnet an Weihnachten verfallene Gärten zu inspizieren.«

»Das ist in Ordnung, Mum.« Evie musste schlucken, als sie eine Welle von Heimweh ergriff. Seit dem Tod ihrer leiblichen Mutter hatte sie ein Problem damit, Abschied zu nehmen, und sei es nur für eine kurze Wochenendreise. »Wir sehen uns ja bald wieder. *Bye, Mummy!*«

Sie legte ihr Handy beiseite und suchte nach einem Taschentuch.

»Alles in Ordnung?« Rory war unbemerkt zurückgekommen und sah sie besorgt an.

»Ja, kein Problem. Meine Mutter. Sie wird Weihnachten immer etwas sentimental. Ich offensichtlich auch«, fügte sie hinzu und verstand, dass er das Essen gemeint hatte, als sie seinem ratlosen Blick begegnete.

»Das Curry war sensationell! Du solltest Koch werden.«

»Das bin ich.« Er wies auf einen Stuhl. »Darf ich?«

Erst jetzt fiel ihr auf, dass die anderen Gäste gegangen waren. »Entschuldige! Natürlich, du bist ja hier zu Hause.«

»Irgendwie schon und irgendwie auch nicht. Ich lebe in Barcelona, aber meine Mum schafft die ganze Arbeit nicht mehr, und ich überlege, ob ich den Laden übernehmen soll.«

»Habt ihr noch andere Gäste als die Einheimischen aus Bonny Bridge?«

Er zuckte mit den Schultern. »Ich denke schon. Im Winter kommen viele zum Skilaufen in die Gegend und im Sommer zum Wandern, Fischen und so. Aber ehrlich, ich habe mich noch nie groß drum gekümmert. Früher wollte ich immer nur weg von hier und hab das auch gleich nach der Schule gemacht.«

»Hast du schon mal mit Duncan Murray gesprochen?«

»Dem Laird?« Überrascht sah er sie an. »Warum?«

»Weil er nicht nur das Schloss modernisieren, sondern auch leerstehende Häuser und Cottages am See zu Ferienunterkünften umbauen will.« Davon war am gestrigen Abend die Rede gewesen, und es schien kein Geheimnis

zu sein, sodass sie wenig Bedenken hatte, es weiterzu-
erzählen.

»Das habe ich gehört.« Er wies auf ihr Glas. »Noch
eins?«

»Lieber nur ein *Bitter Shandy*, ich muss ja
zurückfahren.«

Er grinste. »Wenn du über die Brücke gehst, bist du zu
Fuß in zehn Minuten oben am Schloss.«

»Aber es ist stockdunkel.«

»Der Weg ist beleuchtet. Seit mehr als hundert Jahren
und jetzt sogar mit Solar.« Er räumte ihr Geschirr
zusammen und grinste. »Bitter Shandy ist definitiv eine
gute Wahl.«

Mit dem Bier-Limonade-Mix und einem Whisky für
sich selbst kehrte er zum Tisch zurück. »Meine Familie
betreibt das Pub seit fast zweihundert Jahren. Es ist eines
der wenigen Gebäude, die beim großen Brand vom Feuer
verschont wurden. Ich würde es ungern aufgeben, aber
die meisten gehen nach der Schule weg, die Läden haben
alle zugemacht. Es gibt kaum Arbeit hier.«

Sie kannte das Problem aus ihrem eigenen Heimat-
dorf. Dort hatten eine Menge Eigeninitiative und der
Tourismus schließlich die Wende gebracht, davon
erzählte sie ihm.

»Meinst du wirklich, ich sollte mit Duncan Murray
reden?«

»Unbedingt. Ich habe ihn auch gerade erst kennengelernt, aber ich hatte den Eindruck, die Murrays meinen es
ernst damit, Bonny Bridge wiederzubeleben. Und ein
Dorf ohne Gasthaus funktioniert nicht, finde ich.«

»Vielleicht hast du recht, ich denke drüber nach.«

Sie unterhielten sich über Barcelona, eine Stadt, die sie auch sehr mochte, und über die Provence, wo Rory ebenfalls eine Weile gearbeitet hatte. Schließlich verabschiedete sie sich mit dem Gefühl, eine neue wertvolle Bekanntschaft gemacht zu haben.

»Bist du morgen noch hier?«, fragte er, als er sie zum Wagen brachte.

»Wieso?« Evie stieg ein und beobachtete die Eiswölkchen, die ihr Atem formte.

»Wir feiern Yule. Die Party ist legendär. Ich verrate dir mal ein Geheimnis: Viele, die hier aufgewachsen sind, kommen zu Weihnachten nur deswegen nach Bonny Bridge zurück. Das absolute Highlight zum Jahresende ist der Karaoke-Wettbewerb und natürlich das Büffet zu Hogmanay oben im Schloss.«

»Da bin ich leider nicht mehr hier, aber morgen komme gern.«

KAPITEL SECHS

Am nächsten Morgen knisterte das Gras unter ihren Stiefeln, und sie war froh, Handschuhe und die gemütliche Daunenjacke eingepackt zu haben. Die Sonne blieb hinter tiefen Wolken verborgen, und Schnee rieselte herab. Am See nahm sie einen trockenen Ast in die Hand, um zu sehen, wie fest das Eis schon war. Zu ihrer Enttäuschung ließ es sich leicht durchstoßen. Letzte Nacht hatte sie geträumt, wie sie elegant und leichtfüßig wie eine Eisfee über die spiegelglatte Oberfläche glitt. Dabei war sie zuletzt im Winterurlaub, vor mindestens fünfzehn Jahren, Schlittschuh gelaufen. Sie war so heftig gestürzt, dass sie sich das Handgelenk verstaucht hatte – von den schmerzhaften Prellungen an Schulter und Po mal ganz abgesehen.

In der Höhe flogen Gänse und stießen passend zu den schmerzlichen Erinnerungen klagende Laute aus. Sie beobachtete, wie die Tiere einen weiten Bogen über das

Cottage am See zogen und dann nach Süden abschwenkten.

Ob der Schriftsteller auch mit den anderen weggefahren war, um Freunde zu besuchen? Irgendwie konnte sie es sich nicht vorstellen. Seine beiden Hunde schien er ja einwandfrei erzogen zu haben, aber wer würde zwei so große Tiere schon auf eine Weihnachtsparty mitnehmen?

Als sie schließlich durchgefroren, mit vom Fotografieren klammen Fingern, zum Haus zurückkehrte, hatte sie eine Erscheinung. Der Mann, der ihr auf dem Rundweg um den See entgegenkam, sah aus, als käme er aus einer längst vergangenen Welt. Er war in Tweed gekleidet, und trug ein Plaid zum *großen Kilt* gebunden, komplett mit Sporran und Lederstiefeln. Sie wäre nicht überrascht gewesen, hätte er ein Claymore-Schwert auf dem Rücken getragen.

»Sie sind das Garten-Mädchen«, begrüßte er sie fröhlich.

»Und Sie sind Anthony Murray.«

»Ha! Haben meine Brüder sie vorgewarnt, dass sich ein verrückter Highlander auf dem Gelände herumtreibt?«

»Eigentlich nicht, aber die Ähnlichkeit ist unverkennbar. Bis auf die – Garderobe vielleicht.«

»Wirklich? Tragen sie etwa wieder diese schockierenden modernen Kilts?«

»Nicht mal das.« Sie kicherte. »Aber Sie orientieren sich an der Mode vor Culloden, nicht wahr?«

»Gut erkannt, Sassenach.« Nun ging er an ihrer Seite den Weg zum Kücheneingang hinauf.

Der jüngste der Murray-Geschwister schien, anders als der sachliche Duncan und sein nicht besonders menschenfreundlicher Bruder Connor, über ein heiteres Gemüt zu verfügen. Sie mochte ihn sofort. Er erzählte, er habe gerade seine Prüfung als Wildnis-Wanderführer abgelegt, sie machten gemeinsam Witze über die gefährliche Tierwelt in den Highlands, und sie stellte ihm Fragen über den Zustand der Natur und ob sein Bruder Fortschritte damit machte, den Wäldern Kraft zu geben, sich zu erholen.

»Himmel, ja. Allmählich zeigt es sich, dass wir recht hatten. Vor zwei, drei Jahren habe ich die ersten Schösslinge entdeckt, und sie stehen noch immer dort.« Er zeigte auf die Heideflächen auf den sie umgebenden Hügeln. Eines Tages wird dort wieder Wald sein, ganz ohne Aufforstungsprogramm und Monokultur. Sie sprachen über die speziellen Anforderungen, die das schottische Klima an die Vegetation stellte, und irgendwann sagte er: »Für jemanden aus dem Süden bist du erstaunlich gut informiert.«

»Pflanzen sind mein Job und meine Leidenschaft.« Sie zuckte mit der Schulter.

»Das hätte ich von dem letzten Gartenarchitekten, der sich Torgorm angesehen hat, auch erwartet. Aber der träumte von Rhododendren.« Er verdrehte die Augen. »Als hätten wir nicht genug Probleme mit invasiven Pflanzen.«

Evie stimmte ihm zu. »Kannst du ein Geheimnis

bewahren, *Jock*?« Die etwas rüde Anrede, die ein Engländer früher im Gespräch mit einem Schotten womöglich gewählt hätte, verwendete sie absichtlich. Ihr machte das Geplänkel großen Spaß.

»Dafür könnte man dich auspeitschen, *lass*«, antwortete er prompt.

»Lieber nicht. Ich bin im Herzen Schottin.«

»*Och, aye!*« Er fiel ins vertraute Scots. »Meiner Treu, das versteht Ihr wahrlich meisterlich zu verbergen, *Mylady*.«

»Sonst wäre es ja kein Geheimnis. Ich verlasse mich darauf, dass du es bewahrst. Mein Boss glaubt, ich sei mit dem Wasser der Cam getauft, wie er selbst«, entgegnete sie in der Sprache ihrer Kindheit und legte einen Finger an die Lippen.

Anthony zwinkerte ihr verschwörerisch zu und hielt die Tür auf. Gemeinsam trugen sie Heiterkeit und kalte Luft ins Haus.

KAPITEL SIEBEN

Connor konnte morgens am besten schreiben. Wenn die Sonne aufging und der Tag sich noch unverbraucht und frisch präsentierte, kam er meist schnell in den Flow. Dabei half ihm ein Trick, den eine erfahrene Kollegin ihm vor Jahren anvertraut hatte. Er setzte sich am Abend bereits bettfertig an den Schreibtisch und schrieb auf, wie es im nächsten Kapitel weitergehen sollte. Natürlich wusste er zu Beginn eines Romans genau, wer seine Hauptfiguren waren, woher sie kamen und wohin er sie schicken wollte. Aber die kleinen Details, das, was die Figuren in den Geschichten so nahbar machte, dass er manchmal sogar Post bekam, die nicht an ihn, sondern an seine Heldinnen und Helden gerichtet war, das stellte sich erst beim Schreiben heraus. Oder vielmehr in der Nacht, nachdem er seinem Gehirn vor dem Schlafen-gehen ein paar Stichworte gegeben hatte. Diese Methode setzte allerdings voraus, dass es sich nicht mit anderen Dingen beschäftigte. Doch genau das tat es. Seine Gedanken und Gefühle kreisten seit der Lesung in Edinburgh pausenlos um diese Frau.

Lampenfieber machte ihn nicht unbedingt zu einem umgänglichen Zeitgenossen, das wusste Connor, deshalb zog er sich vor Lesungen ein paar Minuten zurück, um sich zu sammeln. Ausgerechnet dabei war sie ihm direkt vor die Füße gefallen. Als obendrein noch dieses Fan-Girl auftauchte, war es mit seiner Ruhe vorbei gewesen.

Er hätte sich entschuldigt, aber nach der Lesung waren die beiden fort gewesen, und er hatte nicht damit gerechnet, sie jemals wiederzusehen. Schon gar nicht in Duncans Garten. Sein Herz hatte einen albernen Sprung gemacht, aber dann war ihm die Geschichte eines Kollegen eingefallen, in dessen Vorgarten Fans gezeltet hatten, um einen Blick auf das Privatleben ihres Idols werfen zu können, und für einen kurzen Augenblick hatte er geglaubt, diese Miss Clark gehörte in die gleiche Kategorie und hätte sich bei seiner gastfreundlichen Schwägerin eingeschmeichelt, um ihm nachzustellen. Anthony nannte ihn eitel, als er ihm davon erzählte. Aber eben dieser Schriftstellerkollege mit den zeltenden Fans hatte später sogar ein nur mit einer großen Schleife bekleidetes Mädchen in seinem Hotelbett vorgefunden. Oder vielmehr seine Frau, die die unwillkommene, mutmaßlich minderjährige Besucherin im Evaskostüm vor die Tür setzte, was wiederum ein gefundenes Fressen für die Presse gewesen war.

Nicht dass Connor etwas gegen halb nackte junge Frauen einzuwenden gehabt hätte, sofern sie erwachsen genug waren, um zu wissen, was sie taten. Aber seine Bettgefährtinnen suchte er sich doch lieber selbst aus. Sogar wenn es bedeutete, dass er dafür unter Menschen gehen musste, was er viel zu selten tat. Besonders seitdem die Serie so erfolgreich geworden war, dass sie sich nicht nur die Neugestaltung des Gartens leisten konnten, sondern er gemeinsam mit Duncan und Anthony bereits drei Jagdhütten auf ihrem Land zu luxuriösen Lodges umgebaut hatte, die sie seit letztem Sommer an Feriengäste vermieteten. Eine sehr befriedigende Arbeit, die sie noch mehr zusammengeschweißt hatte.

Das alles ging ihm durch den Kopf, als er heute Morgen, nach einigen unproduktiven Stunden an der Tastatur, einen ausgiebigen Spaziergang mit den Hunden machte, an dessen Ende er in der Schlossküche bei Lexi landete, um zu sehen, ob er ihr ein frisches Brot abschwatzen konnte.

Der schönen und, wie er nach ihren gestrigen Ausführungen fand, talentierten Gärtnerin war er unterwegs nicht begegnet. Doch jetzt war sie da und strahlte ihn so an, dass dieses dumme Herz sich öffnete und ihr entgegenflog.

Als er aber den Grund für ihre gute Laune sah, verdüsterte sich seine Stimmung schlagartig. Anthonys Ruf, was Frauen betraf, war geradezu legendär, und das nutzte sein kleiner Bruder schamlos aus. Der Nichtsnutz küsste Lexi auf die Wange und ging vor den Settern in die

Hocke, um sie zu begrüßen. Sogar die Hunde waren nicht immun gegen seinen Charme.

Connor aber entging auch nicht, dass Evie ihnen besorgte Blicke zuwarf. Offenbar hatte sie tatsächlich Angst. »Kommen Sie«, sagte er und rückte ihr den am weitesten vom Körbchen entfernten Stuhl zurecht. »Setzen Sie sich ruhig, die beiden tun ihnen nichts.«

»Danke sehr.« Sie wickelte den langen Schal ab und ging zur Garderobe an der Gartentür, um ihre Jacke aufzuhängen, die Mütze behielt sie auf. Der weite Pullover und die Jeans, die aussah, als wäre sie von einem Freund geborgt, zeigten nicht viel von ihrer Figur, aber was er sah, gefiel ihm.

»Sie sieht hinreißend aus, findest du nicht auch?«, raunte ihm Anthony zu, während er sich aus seiner Jacke schälte.

»Lass die Finger von unserer Garten-Fee!«, gab er ebenso leise in Scots zurück, damit sie ihn nicht verstand.

Sein Bruder lachte nur frech und warf Lexi eine Kusshand zu. »Machst du uns einen Kaffee, Liebes?«

Sie kannten sich seit Kindertagen, deshalb stellte sie die Kaffeemühle vor ihn auf den Tisch. »Vor dem Spaß kommt die Arbeit, mein Bester. Evie, trinkst du auch noch einen Kaffee mit?«

»Sehr gern.« Fröstelnd rieb sie die Hände aneinander. »Ich muss aber gleich wieder raus, es riecht nach Schnee.«

»Stimmt, es sieht ganz danach aus, dass wir eine weiße Weihnacht bekommen. Die Touristen werden es lieben.«

»Kommen im Winter viele Leute zum Skilaufen her?«, fragte Evie.

Er antwortete: »Nicht zu uns. Und das ist auch gut so, wenn man sich ansieht, wie kaputt die Böden unter den Pisten sind.«

Anthony ergänzte: »Die meiste Zeit im Jahr liegt kein Schnee. Für das kurze Vergnügen so einen Schaden anzurichten, ist doch Wahnsinn. Uns jedenfalls sind Wanderer lieber, oder von mir aus sogar Jagdgesellschaften.« Anthony zwinkerte ihm zu. »Connor würde das Jagen zwar am liebsten ganz verbieten, aber er ist einer demokratischen Abstimmung unterlegen.«

»Ich will es nicht untersagen, wo es sinnvoll ist. Ich möchte nur nicht selbst jagen«, verteidigte er sich.

»Aber du isst Lexis Hirschbraten.« Anthony stand auf, um der Haushälterin den gemahlenen Kaffee zu bringen.

»Dafür muss ich das Tier vorher nicht persönlich kennengelernt haben.«

Dieses Gespräch führten sie nicht zum ersten Mal.

Miss Clark schien das zu spüren und fragte: »Dann verwalten Sie das Anwesen gemeinsam?« Ihr Lächeln war ansteckend, und er erwiderte es. »Kann man so sagen. Es kostet momentan noch mehr, als es einbringt. Deshalb teilen wir uns die Ausgaben, wie Duncan gestern schon gesagt hat. Und wir haben Pläne, um sanften Tourismus herzuholen, damit Bonny Bridge nicht verödet. Jeder gibt, was er kann.«

»Außer Flora«, warf Anthony ein.

»Unsere Schwester«, erklärte er. »Sie hat bis zum

letzten Sommer noch studiert und macht jetzt ein Praktikum in Neuseeland.«

Sie unterhielten sich eine Weile über dies und das, bis Miss Clark sagte: »Ich war gestern Abend zum Essen im Pub und habe mit dem Sohn der Wirtin gesprochen.« Sie berichtete von Rorys Überlegungen, nach Bonny Bridge zurückzukehren und den Gasthof zu übernehmen. »Ich habe ihm geraten, sich an Ihren Bruder zu wenden.«

»Das war eine gute Idee. Rory ist ein genialer Koch«, sagte Anthony.

»Fast so gut wie ich«, warf Lexi lachend ein. »Er ist ja auch mein Cousin.«

»Wenn er wirklich nach Bonny Bridge zurückkehren will, wäre es ein großer Gewinn für uns. Ich hoffe natürlich, dass es seiner Mutter wieder besser gehen wird, aber sie kämpft schon lange gegen den Krebs an und könnte Unterstützung gebrauchen …«

Schweigend tranken sie ihren Kaffee, bis Evie fragte: »Ihnen gehört doch das Cottage auf der anderen Seite des Sees. Dürfte ich vielleicht einmal rüberkommen und mir Torgorm von dort aus ansehen? Wegen der Sichtachsen«, fügte sie hinzu, als wäre es ihr wichtig, das zu betonen.

Das war die Gelegenheit, sich für sein unfreundliches Verhalten zu entschuldigen. Er stand auf und griff nach seiner Jacke. »Kommen Sie mit, ich muss sowieso zurück.«

»Ja, gern.« Ihre Überraschung war nicht zu überhören.

Er rief die Hunde und leinte sie an, damit Evie sich sicher fühlen konnte.

Sie waren schon draußen in der eisigen Winterluft, als Lexi ihm nachrief: »Das Wichtigste hast du vergessen!«

Er ging zurück, um den Brotbeutel entgegenzunehmen, und seine Freundin aus Kindertagen grinste ihn wissend an, während Anthony am Küchentisch saß und sich großartig zu amüsieren schien. Er hätte ihn gern erwürgt, aber das musste er vorerst verschieben, denn Evie wartete.

Als sie ein Stück gegangen waren und er vergebens versucht hatte, sich ein paar elegante und passenden Worte zurechtzulegen, platzte es aus ihm heraus: »Ich muss mich bei dir entschuldigen, Evie. Ich meine natürlich: bei Ihnen, Miss Clark«, korrigierte er sich hastig. *Das war ja ein gelungener Start.*

»Evie ist okay. Aber wofür wollen Sie – willst du dich entschuldigen?«

Herrgott, dieses Lächeln machte ihn ganz schwach! »Ich war nicht besonders freundlich in Edinburgh, das tut mir leid. Hast du dir sehr wehgetan?«

»Das stimmt. Aber du hast meiner Freundin einen glücklichen Abend beschert, als du ihr das Buch außer der Reihe signiert hast. Mairie ist ein großer Fan. Sie hat alle Romane gelesen und die Serie bestimmt ein Dutzend Mal gesehen. Sie war untröstlich, dass wir nicht zur Lesung bleiben konnten, aber wir hatten eine Verabredung … Na ja, jedenfalls: Es ist vergeben und vergessen, und die blauen Flecke nehmen allmählich eine gelbliche Farbe an. Das ist ein gutes Zeichen, schätze ich.«

Er verbot es sich, über die Körperteile nachzudenken, die aller Wahrscheinlichkeit nach von den Verfärbungen betroffen waren, und wechselte rasch das Thema. »Darf ich fragen, was dich zu deiner Berufswahl bewogen hat?« Als sie ihn merkwürdig ansah, sagte er: »Ich interessiere mich für die Motivation der Menschen. Es ist eine Berufskrankheit, schätze ich.«

Evie erzählte daraufhin von ihrem Werdegang, machte zwischendurch weitere Fotos, und ehe sie es sich versahen, standen sie vor seiner Haustür.

KAPITEL ACHT

Evie hätte nicht gedacht, dass Connor sie hereinbitten würde, und sein Cottage war ebenfalls eine Überraschung. Sie hatte sich die Inneneinrichtung streng vorgestellt, männlich, in dunklen Farben, vielleicht in einer Art Jagdhütten-Design, mit grob geschnittenem Holz und einer Menge Hirschfiguren. Das Gegenteil war der Fall. Der kleine, auf einer Seite blassblau gestrichene Flur wirkte freundlich, und die Stufen der Treppe, die in die obere Etage führte, waren aus hellem Holz.

»Geradeaus ist die Küche. Ich nehme mit meinen kleinen Wildschweinen den Garteneingang«, sagte er und schloss die Tür hinter ihr. Dankbar für einen ungestörten Augenblick zog sie schnell die Jacke aus, setzte die Mütze ab und nahm das Seidentuch vom Kopf, mit dem sie die widerspenstigen Locken vor dem schottischen Wetter schützte. Ein Blick in den Spiegel gab Entwarnung. Sie sah nicht wie eine Windsbraut aus, wie sie befürchtet hatte. Mit wenigen Handgriffen brachte sie die Frisur in Ordnung und ging weiter. Hier erwartete Evie die zweite Überraschung. Sie fand sich in einer gemütlichen Cottage-Küche wieder, wie man sie sonst nur in einschlägigen Country-Life-Magazinen bewundern konnte. Nur eine Kochinsel trennte sie vom großzügig geschnittenen Wohnbereich.

Connor hatte eindeutig Freude am Kochen, das verrieten ein gut sortiertes Gewürzregal, die getrockneten Kräuterbündel unter der Decke und nicht zuletzt der große Holzofenherd, der hier wahrscheinlich schon seit einem halben Jahrhundert stand.

Nebenan hörte sie ihn rumoren, dann öffnete sich eine Tür und er kam, gefolgt von seinen Hunden, herein.

Inzwischen war ihr klar, dass es keinen Grund gab, sich vor ihnen zu fürchten. Ihr Unterbewusstsein war zwar noch auf Panik programmiert, aber sie hatte es im Griff. Jedenfalls so lange, wie ihr keiner von ihnen zu nahe kam.

Connor füllte Wasser in einen großen Trinknapf, und sie tranken durstig.

»Sind das Jagdhunde? Sie bewegen sich äußerst elegant.«

»Setz dich doch bitte. Es sind Gordons, die ruhigsten Vertreter der drei Setter-Linien. Wie die roten Irish-Setter und die eher farbenfrohen Engländer sind sie großartige Jäger – wenn man es ihnen erlaubt. Aber im Grunde ihres Herzens sind unsere Highlander verschmuste Sofa-Hunde. Besonders Suki. Ich glaube, sie wird nie erwachsen.« Lachend kraulte er die Hündin hinter dem Ohr, bis sie begeistert loslief und eine Plüschente heranschleppte. Sie hoffte offenbar, er würde mit ihr spielen. »Nicht jetzt, geh zu Gordon mit deiner Ente.« Connor schickte beide auf ein großes Tartan-Kissen, das ihnen offensichtlich als Liegeplatz diente. »Kann ich dir etwas anbieten?«

»Ein stilles Wasser wäre schön.« Die liebevolle, ruhige Art, wie er mit den Tieren umging, beeindruckte sie. »Wie alt sind die beiden?«

»Gordon ist etwa neun Jahre alt. So genau kann man das nicht sagen, er kommt aus dem Tierschutz.« Er nahm zwei Gläser aus der Anrichte und ging zu der großen Spüle vor dem Fenster. »Die Tierretter haben ihn Duncan getauft, das fand mein Bruder nicht so spaßig. Mir ist lange kein passender Name eingefallen, und irgendwann hieß er Gordon.«

»Das passt zu ihm«, finde ich.

Connor drehte sich zu ihr um. »Nicht wahr? Das finde ich auch.« Er spülte die Gläser aus und füllte sie. »Wenn ich schreibe, ist es für einen Hund oftmals langweilig. Deshalb kam Suki dazu. Nun ist sie schon vier Jahre bei uns und wird bald Mutter«, fügte er hinzu, und Evie glaubte, eine Spur Stolz herauszuhören.

Er setzte sich zu ihr. »Das Wasser kommt direkt aus den Bergen.«

»Täusche ich mich, oder ist es ein bisschen braun?«

»Das kommt von dem Hochmoor, das Loch Torgorm hauptsächlich speist«, sagte er und nahm einen großen Schluck, als wollte er ihr beweisen, dass das Wasser tatsächlich unbedenklich war.

Anders als sein Besitzer strahlte das Haus eine einladende Wärme aus. Wobei das nicht so ganz stimmte, denn heute hatte sie Connor Murray als einen verantwortungsvollen und herzlichen Menschen kennengelernt.

Der Mann verbarg sich unter einer rauen Schale, doch vielleicht musste er das auch, denn als Schriftsteller gehörte es zu seinen wichtigsten Fähigkeiten, sich *für die Welt da draußen vollkommen zu öffnen*, hatte sie in einem Interview gelesen. Wer das tat, war der oftmals unfreundlichen Realität schutzlos ausgeliefert. Das wusste sie aus eigener Erfahrung, sie hatte sich einen ähnlichen Panzer zugelegt, nur bestand der aus Lächeln.

Evie wäre gern länger geblieben, aber bis zu ihrer morgigen Abreise hatte sie noch viel zu tun. Außerdem – wenn alles gut lief, würden die Murray-Brüder ganz, ganz vielleicht ihre Auftraggeber werden, und sie war professionell genug, um Job und Privatleben klar zu trennen. »Ich muss los«, sagte sie und stand auf.

»Natürlich. Falls wir uns nicht mehr sehen sollten, wünsche ich dir eine schöne Weihnachtszeit. Lass es mich wissen, wenn du weitere Informationen benötigst.« Er zögerte kurz. »Das Beste ist, ich gebe dir meine Mobilnummer.«

Nachdem das erledigt war, begleitete er sie zur Tür. »Du hast es ja gehört, wir entscheiden gemeinsam über wichtige Projekte. Ich bin sicher, dass deine Firma uns ein gutes Angebot machen wird. Falls nicht ...« Er räusperte sich. »Ich sollte das nicht sagen, aber deine Vorschläge haben mir gefallen, und ich weiß, dass Duncan es ebenso sieht. Wir sollten in jedem Fall in Kontakt bleiben.«

Darauf wusste sie nichts zu sagen. Sie nickte nur und ging hinaus in die Kälte.

Evie öffnete gerade die Tür, um in ihr Turmzimmer zu gehen, als von unten Kindergelächter zu hören war. Die Murrays und ihre Verwandten waren zurück.

Lexi hatte gesagt, das Abendessen würde wie üblich um sieben serviert, aber sie hatte viel mehr Lust auf einen Abend im Pub. Ihr Abschiedsabend.

Als sie nach Schottland aufgebrochen war, hatte sie es nur als eine Chance gesehen, Mr Featherswallow von ihren Fähigkeiten zu überzeugen. Doch inzwischen wollte sie diesen Garten unbedingt nach ihren Vorstellungen und auf jeden Fall gemeinsam mit den Murrays zu neuem Leben erwecken.

Kurzentschlossen griff sie zum Handy und wählte die Nummer der Haushälterin. »Hiya Lexi, ich gehe nachher ins *Clachneart* und werde nicht hier zu Abend essen.«

»Kein Problem. Wir sehen uns dann später unten im Dorf.«

Erleichtert sagte sie: »Super, ich freue mich drauf.«

»Lass den Jeep lieber stehen. Es wird wild!«, sagte Lexi und legte auf.

Gemäß dieser Empfehlung machte sie sich am Abend zu Fuß auf den Weg nach Bonny Bridge. Im Schein der Laternen glitzerten Schneeflocken, die langsam zu Boden schwebten. Keine Viertelstunde später stieß sie die Tür zum Pub auf. Alles war heute anders. Die Gäste standen in Gruppen zusammen, und hinter der Bar arbeiteten neben Rory noch zwei Frauen.

»Hiya Rory«, rief sie gegen den Lärm an.

»Evie, schön, dass du da bist! *Belhaven* für dich?« Rory zapfte ihr ein Bier, und als er das Glas auf die Mitte des Tresens stellte, sagte er: »Für die Murrays ist dort drüben reserviert, du kannst dich dazusetzen.«

Sie zögerte, aber weil es keinen anderen Platz mehr gab, setzte sie sich schließlich an den freien Tisch. Entspannt zurückgelehnt beobachtete sie die anderen Gäste. Sie hörte überwiegend schottische Stimmen, dazwischen erklang aber auch immer wieder der eine oder andere Akzent aus dem Süden des Landes. Wahrscheinlich waren das Freunde und Freundinnen, die ihre Liebsten zu den Festtagen nach Bonny Bridge begleiteten. Hogmanay in Schottland war legendär. Besonders nach Edinburgh, wo gleich drei Tage lang ausgelassen in den Straßen gefeiert wurde, reisten Touristen aus ganz Europa und Nordamerika.

Aus der Küche zog ein appetitlicher Duft in den Gastraum. Rory war nirgends zu sehen, er bereitete wahrscheinlich das Buffet vor, von dem er bei ihrem ersten Besuch erzählt hatte. In unregelmäßigen Abständen öffnete sich die Eingangstür, neue Gäste kamen herein, und der Duft wurde hier, wo sie saß, für einen Augenblick intensiver. Evie lief allmählich das Wasser im Munde zusammen. Sie wollte gerade aufstehen, um nachzusehen, was auf der großen Tafel neben der Bar stand, als sich die Tür erneut öffnete.

»Du bist schon da!« Anthony machte Anstalten, sich neben ihr auf die Bank fallen zu lassen, aber Charlotte schob ihn beiseite und winkte Yael und Lexi heran. »Das ist die Frauenseite, geh deinem Bruder helfen, die Drinks zu holen.« Zu Evie sagte sie: »Von hier aus hat man den besten Blick.«

Bald darauf brachten die beiden Murray-Brüder Getränke und Knabberzeug an den Tisch. »Gleich gehts los!« Lexi zwinkerte ihr zu. »Kannst du singen?«

»Einigermaßen«, entgegnete sie, als Rory hinter dem Tresen hervorkam und zum Mikrofon griff.

»Leute! Super, euch zu sehen. Weil mich viele schon gefragt haben: Meine Mum fühlt sich okay, und sie lässt alle grüßen.« Er räusperte sich, und es war unübersehbar, dass er sich Sorgen machte. »Jetzt zum Programm. Zuerst machen wir den Karaoke-Wettbewerb, und danach spielen die *McKennas* für uns. Ihr findet Papier auf eurem Tisch. Jeder der singen will, spendet mindestens 3 Pfund. Damit es nicht die ganze Nacht geht, losen wir Teilnehmerinnen und Teilnehmer für zehn Songs aus. Meine zauberhafte Cousine und Assistentin«, er zeigte auf Lexi, »kommt gleich rum und sammelt eure Bewerbungen ein. Wie jedes Jahr ist der 1. Preis eine Flasche Dalwhinnie Distillers Edition. Herzlichen Dank, Brandon, für die großzügige Spende!«

Er wartet den Applaus der Gäste ab. »Drüben im Restaurant haben wir ein Buffet aufgebaut. Ihr könnt euch was zu essen nehmen. Werft das Geld wie jedes Jahr einfach ins Körbchen. Der Himmel wird wissen, wer besch...ßt. Ich aber auch«, fügte er grinsend hinzu. »Lasst die Spiele beginnen!«

Evie zögerte einen Augenblick, aber dann entschied sie sich dafür, am Singwettbewerb teilzunehmen. Sie schrieb ihren Namen auf einen Zettel, faltete ihn und warf ihn zusammen mit den drei Pfund in Lexis Korb.

Duncan und Charlotte machten sich auf, das Buffet zu inspizieren, und gerade als sie mit einem Tablett voller Köstlichkeiten zurückkehrten, ergriff Rory ein weiteres Mal das Mikrofon, um den ersten Auftritt anzusagen. Die Beiträge waren eher lustig als gekonnt, aber jede Sängerin und jeder Sänger wurden gleichermaßen mit Applaus bedacht, das Essen entschädigte allemal für den einen oder anderen schrägen Ton.

Rory nahm das Mikrofon von einer älteren Frau mit grauen Löckchen entgegen, die sich tapfer durch *What A Girl Wants* von Christina Aguilera gekämpft hatte, und rief: »Nummer neun und damit der vorletzte Kandidat für heute ist – Anthony Murray.«

Anthony trug einen Weihnachtspullover, von dem ein schielendes Rentier blickte, und hatten den Kilt gegen Jeans getauscht. Er machte auch in dem albernen Pulli eine gute Figur, und eine junge Frau pfiff auf zwei Fingern, während ihre Freundinnen begeistert applaudierten. Er griff nach dem Mikrofon, machte ein paar Tanzschritte und verbeugte sich. »*Quines, this song ist for you!* Das singe ich nur für euch, Mädels.« Es war offensichtlich, dass er seinen Auftritt genoss.

Als die Musik begann, brauste Applaus auf, vor allem von den weiblichen Gästen. Ob der nun Ed Sheeran und seinem Song *Shape of You* oder dem Interpreten galt, war am Ende nicht auszumachen.

Anschließend übernahm Rory das Mikrofon erneut: »Die letzte Nummer heute Abend wird von ...«, er sah zur Tür und grinste frech, »Connor Murray und Miss Evie Clark aufgeführt: *Summer Wine*. Einen herzlichen Applaus, den beiden!«

»Na los«, raunte ihr Lexi zu. »Zeig's ihnen.«

Überrascht stand sie auf und stieg auf die improvisierte Bühne, die aus zwei zusammengeschobenen Holzpaletten bestand.

»War das deine Idee?« Connor tauchte hinter ihr auf.

»Natürlich nicht!«

Das Video zeigte Ville Valo & Natalia Avelon, und auf einmal erinnerte sie sich, wie sehr sie deren Interpretation gemocht hatte. Die Musik begann und die ersten Zeilen erschienen im Display vor ihr: *Strawberries, cherries ...* Die nächste Zeile sang sie spontan im Dialekt ihrer Kindheit. *Mein Sommerwein ...*

Connor blieb weniger als zehn Sekunden Zeit, sich zu entscheiden, dann tat er es ihr gleich. Von diesem Augenblick an waren sie ein Team. Er zog sie an sich, und sie sah lächelnd zu ihm auf, wie es ihre Rolle verlangte. Der Song verklang mit seiner Zeile: *Sie nahm mir alles und ließ mich mit meiner Sehnsucht allein – oh, Summer Wine.*

»Wow! Das war hot, findet ihr nicht auch?«, rief Rory ins Mikrofon. »Lexi wird gleich eure Stimmen einsammeln. Die Bar ist weiter geöffnet, Leute.«

»Du warst fantastisch!« Connor begleitete sie zurück an den Tisch, wo die Murrays sich in ihren Lobpreisungen nahezu überschlugen.

Duncan brachte eine neue Runde Getränke, Anthony zwinkerte ihr zu, und Yael umarmte sie. »Das war sehr sexy.«

Während sich die Band einrichtete, trat Rory erneut auf. »Liebe Freunde, die Entscheidung ist gefallen! Eindeutiger Gewinner-Song dieses Jahres ...« Hier machte er eine Kunstpause, bis auch das letzte Gespräch verstummte. »*And the Winner is* – Summer Wine! einzigartig interpretiert von Evie Clark und Connor Murray. Applaus, Applaus!«

Er überreichte ihnen den Gewinn, und wie vorher abgesprochen, hielt Connor die Flasche hoch und rief: »Wir spenden den Gewinn für den Weihnachtsmarkt am *Boxing Day* zugunsten unserer Kirche.«

Für den zweiten Feiertag hatte der Frauen-Klub von Bonny Bridge Tombola und Flohmarkt organisiert, deren Einnahmen in die Renovierung des maroden Kirchendachs fließen würden. In dem kleinen Kirchlein fand schon lange kein Gottesdienst mehr statt, die Gemeinde wollte das Gebäude aber als Zentrum umbauen, in dem sich die örtlichen Dudelsack-Fans ebenso treffen konnten wie der Handarbeitsklub oder die Kindergruppe. »Das kostet eine Menge Geld, aber vieles wird von den Leuten hier im Dorf selbst gemacht. Im Sommer arbeiten sie jedes Wochenende daran«, hatte Connor gesagt.

Anschließend wurden Tische und Stühle beiseite geräumt, bis eine Tanzfläche entstand. Das Trio spielte schottische Volkstänze, die Gäste sangen mit und tanzten gemeinsam. Die Schritte waren nicht kompliziert, und Evie ließ sich begeistert herumwirbeln.

Gegen Mitternacht brachen die ersten Gäste auf. Draußen war es sonderbar still. Über Häusern und Landschaft lag ein flauschiges Tuch aus Schnee, das jeden Ton zu verschlucken schien.

Die Schlossbewohner waren mit dem Auto gekommen und boten ihr an, sie mitzunehmen. Doch Evie wollte einen klaren Kopf bekommen, und das funktionierte am besten in frischer Luft. »Ich begleite dich«, sagte Connor und warf Anthony seinen Autoschlüssel zu. »Fahr ihn für mich hoch, okay?«

Sein Bruder legte einen Arm um Lexis Schulter. »Bist du bereit für eine Spritztour?«

»Untersteht euch!«, rief Connor ihnen hinterher. Wenig später sahen sie zu, wie die Rücklichter der Fahrzeuge hinter einem Vorhang langsam fallenden Schnees verglommen.

Evie zog den Schal höher. »Es schneit«, sagte sie, weil ihr nichts Besseres einfiel.

»Kann man so sagen. Wollen wir?« Er schmunzelte und bot ihr einen Arm an.

Ihre knarrenden Schritte klangen in der Stille der Nacht ungewöhnlich laut. Der Schnee fiel immer dichter, und schon trugen die Laternen am Weg zum Castle weiße Hauben.

Begeistert blieb Evie stehen und drehte sich mit ausgebreiteten Armen um sich selbst. »Ist das nicht traumhaft?« Sie legte den Kopf in den Nacken und streckt die

Zunge raus, aber natürlich schmolzen die Flocken sofort. Schnell klappte sie den Mund wieder zu. »Es ist ewig her, dass ich nachts durch den Schnee gelaufen bin«, sagte sie entschuldigend.

»Hier haben wir das auch nicht mehr so häufig«, sagte er, und als habe er sich plötzlich wieder erinnert, fragte Connor: »Woher kommt es eigentlich, dass du diesen Dialekt sprichst?«

Sie wusste, was er mit *diesen* meinte und schluckte. »Ich bin sechs Jahre in einem ziemlich miesen Viertel von Aberdeen aufgewachsen, bis meine leibliche Mutter starb und ich zu meinen Pflegeeltern kam, die mich später adoptiert haben.«

Anstelle eines mitleidigen Kommentars oder einer Bemerkung, wie dankbar sie sein müsste, legte Connor ihr einen Arm um die Schulter und sagte: »Komm, wir müssen weiter, sonst schneien wir hier noch ein.«

Wenig später hatten sie Torgorm Castle erreicht. Vor der Eingangstür blieb er stehen und sah sie an. »Ich bin nicht gut im Abschiednehmen ...«

Sie sah zu ihm auf. Würde er sie küssen? Oder sollte sie ...? Es war nicht das erste Mal, dass sie darüber nachdachte, wie sich seine Lippen anfühlen würden. Ob er ein guter Küsser war? Sein Mund sah vielversprechend aus, aber das musste nichts heißen. »Ich auch nicht«, sagte sie und lehnte sich ihm entgegen.

Er schluckte nervös. »Evie ...«

Die Tür flog auf, und sie zuckte zurück.

»Ich dachte schon, wir müssten euch aus einer

Schneewehe retten.« Anthony warf Connor die Auto-schlüssel zu.

Der fing sie lässig auf, als wäre nichts gewesen, und bedachte seinen Bruder mit einem mörderischen Blick. »Du kannst wieder reingehen«, sagte er kühl. »Wir kommen hier schon zurecht.« Damit wandte er sich ihr zu. »Danke für den schönen Abend. Gute Nacht, Evie.«

»*Guid nicht, Bye for noo!* Gute Nacht«, sagte sie leise und gab ihm einen schnellen Kuss auf die Wange. »Ich fand es auch wunderschön.«

Weil sie ihren Gefühlen nicht traute, drehte sie sich auf dem Absatz um und ging schnell ins Haus. Anthony war nirgends mehr zu sehen, aber der Schlüssel steckte, und sie drehte ihn zweimal um, bevor sie durch die spär-lich beleuchtete Halle zur Treppe und dann nach oben lief.

KAPITEL NEUN

Er trocknete die Hunde ab, die schon dringend darauf gewartet hatten, noch mal rausgelassen zu werden, als sein Smartphone läutete und Anthonys Name auf dem Display erschien. Am liebsten wäre er nicht rangegangen, aber dann hätte er ihn die ganze Nacht genervt.

»Connor! Es tut mir leid, ich wusste nicht, dass ihr schon so weit …«

»Das kannst du dir sparen, *Bruderherz*. Evie reist morgen ab, und wahrscheinlich sehen wir sie nie wieder.«

»Unsinn. Hast du nicht gesehen, wie glücklich sie heute Abend war? Außerdem hat sie hier einen Job zu erledigen. Ihr gebt ihr den Auftrag doch, oder?«

»Das kommt aufs Angebot an, das ihr Chef uns macht«, entgegnete er steif. »Hör zu, ich muss noch was tun. Gute Nacht.«

Charlotte hatte ihm erzählt, dass sie Evie mittags zum Zug bringen wollte. Bei dem zu erwartenden Wetter würde Duncan nicht begeistert sein, wenn seine schwangere Frau durch die Gegend fuhr. Kurz entschlossen tippte er eine Nachricht an die beiden: *Ich bringe sie morgen zum Bahnhof, habe sowieso noch ein paar Besorgungen zu machen.*

Die Antwort kam postwendend. Ein lachender Smiley von Charlotte und ein *Danke* von seinem Bruder.

Er versuchte gar nicht erst, an dem Roman weiterzuschreiben, und hängte die nassen Hundehandtücher auf, bevor er ins Bad ging. Später im Bett starrte Connor mit offenen Augen an die Decke. Anthony hatte recht, es lag an ihnen, ob Evie einen Grund haben würde, zurückzukehren.

Wie fröhlich sie getanzt hatte, und wie die Haare dabei geflogen waren, diese herrlichen Locken, in denen er rasend gern seine Hände vergraben würde. Connor stellte sich vor, ihre Küsse auf den Lippen zu spüren, sie würden süß sein und leidenschaftlich.

Mit einem Stöhnen wälzte er sich zu Seite und gab sich seinen erotischen Fantasien hin. Es war lange her, dass er eine Frau so sehr begehrt hatte wie diese bezaubernde Garten-Fee.

xxx

. . .

Evie zog sich die Bettdecke bis zur Nasenspitze, schloss die Augen und dachte darüber nach, was während des heutigen Tages geschehen war.

Sie hatte die Bekanntschaft von zwei großen Hunden gemacht und war nicht davongelaufen. Im Grunde hatten sich die beiden nicht für sie interessiert, es gab also keine Veranlassung, sich zu fürchten. Außerdem war sie gut mit ihrer Arbeit vorangekommen und hatte einen unterhaltsamen Abend mit netten Leuten verbracht, getanzt und sogar ein wenig geflirtet. Zuerst mit Anthony, aber das hatte nichts zu bedeuten, denn es war offensichtlich, dass er mit allen Frauen umging, als wären sie etwas Besonderes für ihn. Charmant, aber nicht ihr Typ. Mit Connor verhielt es sich anders. Die merkwürdige Anziehungskraft, die sie schon in Edinburgh zu spüren geglaubt hatte, war inzwischen unverkennbar. Der Schriftsteller war längst nicht so verschlossen, wie er es die Leute glauben lassen wollte. Wenn er über seine Hunde sprach oder über die Pläne der drei Brüder für ihr Estate, leuchte er auf eine Art von innen heraus, die ihr Herz zum Schmelzen brachte. Sie hätte ihn wahnsinnig gern geküsst, aber damit war nun ja wohl nicht mehr zu rechnen.

Mit einem Seufzer rollte sie sich unter der ungewohnt voluminösen Bettdecke zusammen. Morgen lag eine lange Reise vor ihr. Besser, sie nutzte die Nacht zum Schlafen, als sich nach etwas zu sehnen, das sie sowieso nicht haben konnte.

. . .

Der folgende Tag begann mit einem Blick nach draußen. Über der Landschaft lag eine Decke aus Schnee und die Bäume wirkten wie in Zuckerwatte eingehüllt. Es schneite nicht mehr, aber die Wolken hingen so tief, dass von den Bergen in der Ferne nichts zu sehen war. Sie packte ihren Koffer und sah sich noch einmal im Zimmer um, ob sie nichts vergessen hatte, bevor sie zum Frühstück hinunterging. Wehmut ergriff sie. Evie hatte gestern Abend nicht übertrieben, Abschiede fielen ihr immer schwer. Lexie hatte ihr getextet, dass es heute im Morgensalon serviert werden würde, weil sie den Platz in der Küche für die Weihnachtsvorbereitungen brauchten.

Sie musste grinsen, als sie darüber nachdachte, wie lästig sie es fände, schon morgens entscheiden zu müssen, in welchem der zahlreichen Räume man seinen Tee oder Kaffee trank. Ein überschaubares Apartment hatte auch seine Vorteile.

Unten begegnete sie Lexi. Die Haushälterin, die mehr wie eine Freundin der Familie zu sein schien, wirkte wie immer gut gelaunt. »Es geht da entlang«, sagte sie und wies den Gang hinunter. »Möchtest du Tee oder Kaffee?«

»Was hast du denn da?«

»Beides natürlich.«

»Dann nehme ich Kaffee, bitte.«

Der Frühstückssalon war in einem sonnigen Gelb gestrichen, das auch bei so tristem Wetter wie heute gute Laune machte. Es gab eine Spielecke, in die sich die

Mädchen zurückgezogen hatten und tuschelten. Der kleine Junge saß inmitten von Buntstiften auf dem Boden, einen riesigen Block vor sich, und malte.

Die Atmosphäre wirkte gemütlich und heiter. Die Murrays hatten in diesem Raum ihre historische Einrichtung geschickt mit zeitgenössischen Elementen kombiniert und damit ein sehr persönliches Ambiente geschaffen.

Charlotte winkte Evie heran. »Komm, setz dich zu mir. Wie hat dir der Abend gestern gefallen?«

Sie begrüßte die französischen Verwandten und setzte sich. »Großartig. Die Leute von Bonny Bridge bilden eine großartige Gemeinschaft.«

»Das könnte man meinen, aber tatsächlich leben die meisten, die du gestern dort gesehen hast, nicht mehr im Dorf.«

Yael mischte sich ein. »Diese Probleme kennen wir in der Provence auch. Die Dörfer veröden, und dann kommen Spekulanten, um sie zu Feriendomizilen umzubauen, die die meiste Zeit leer stehen. In Sainte-Émilie wehren wir uns allerdings dagegen.«

»Und das höchst erfolgreich«, sagte Charlotte zustimmend. »Aber der Ort ist auch viel größer als Bonny Bridge, und die Provence platzt im Sommer aus allen Nähten. Das kann man von der hiesigen Region nicht behaupten, und wir wollen es natürlich auch nicht. Es fehlen Arbeitsplätze, das ist unser Problem. Früher waren die meisten Leute im Schloss oder auf dem Estate angestellt. Doch selbst wenn wir das wollten, könnten wir uns so ein Heer von Personal gar nicht leisten. Na ja, lasst uns über schönere Dinge reden, morgen ist Weihnachten. Wie wirst du die nächsten Tage verbringen, Evie?«

»Zu Hause in Swindon. Meine Eltern sind zu Freunden in die Karibik geflogen, und ich habe genug zu tun. Mr Featherswallow erwartet meine Unterlagen und Entwürfe gleich im neuen Jahr.«

»Was für ein unfreundlicher Mensch«, sagte Charlotte empört. »Erst schickt er dich so kurz vor den Feiertagen durchs ganze Land, und dann sollst du auch noch Wunder bewirken.«

»Ach, so schlimm ist es nicht. Ich liebe die Arbeit, und wenn ich meine Sache gut mache, will er mich fest einstellen.«

Charlotte Murray wollte etwas antworten, aber sie wurde von ihrem Mann unterbrochen, der hereinkam. »Ich habe schlechte Nachrichten, Miss Clark. Heute Morgen hat es ein Zugunglück gegeben. Die Strecke nach Edinburgh bleibt für einige Tage gesperrt, heißt es in den Nachrichten.«

»Wie furchtbar! Wurde jemand verletzt?«

»Der Zugführer, wie es aussieht.«

»Das tut mir leid, ich …« Evie stockte. Erst jetzt wurde ihr klar, was das für sie bedeutete. Sie saß fest. »Gibt es eine Busverbindung?«

Duncan setzte sich. »Ich denke schon, aber heute werden Sie keinen freien Platz mehr bekommen. Halb Schottland ist von irgendwoher auf dem Heimweg zur Familie unterwegs.«

»Es gibt eine einfache Lösung«, sagt Charlotte und strahlte sie an. »Miss Clark bleibt hier und feiert mit uns. Was sagt ihr?«

Die beiden Männer sagten sofort Ja, und Yael nickte ihr lächelnd zu, als ahnte sie, wie verlegen das Angebot sie machte.

Andererseits klang der Vorschlag verlockend. Sie würde noch mal in Ruhe durch alte Dokumente gehen können, die sie in der Bibliothek entdeckt hatte, und im Zweifel einfach darin nachschlagen, falls sie in den vergangenen Tagen etwas übersehen haben sollte. Ihre Entwürfe machte sie sowieso am Tablet, und das hatte sie dabei.

Und vielleicht klappt es dann ja doch noch mit dem Kuss. Der Gedanke kam so unerwartet, dass ihr die Hitze ins Gesicht stieg. »Wenn es nicht zu viele Umstände macht … Bestimmt gibt es nach Weihnachten eine Möglichkeit, nach Edinburgh zu kommen.«

»Sie können auch mit uns fahren«, sagte David überraschend, der sonst nicht viel sprach. »Wir fliegen Neujahr nachmittags von Edinburgh aus zurück und sind ja mit dem Mietwagen hergekommen.«

»Ich wusste doch, dass mein Bruder zu etwas nütze ist.«

Überrumpelt von so viel Freundlichkeit, zog Evie das Smartphone aus der Tasche und checkte die Flugverbindungen. »Es gibt noch Plätze in einer Maschine nach Heathrow um achtzehn Uhr vierzig. Da steht mein Auto«, fügte sie erklärend hinzu.

»Das passt doch wunderbar.« Charlotte strahlte. »So, da Miss Clark nun offiziell Teil der Torgorm-Gang von Bonny Bridge ist, schlage ich vor, dass wir die Förmlichkeiten lassen und uns duzen. Ich bin Charlotte, herzlich willkommen, meine Liebe.«

In das nun folgende Stimmengewirr platzte Connor rein und sah sich ratlos um. »Habt ihr noch nicht gehört, dass keine Züge fahren?«

»Doch, darum freuen wir uns ja so. Evie wird Weihnachten mit uns feiern, und auch Silvester. Ist das nicht *génial*?«

Sie wagte es kaum, ihn anzusehen. Würde er sich freuen? Aber sie hätte sich keine Gedanken zu machen brauchen. Die kleinen Fältchen in seinen Augenwinkeln vertieften sich, als er zu ihr trat. »Das sind in der Tat gute Nachrichten«, sagte er. Seine dunkle Stimme löste ein glückliches Flattern in ihrem Inneren aus. »Aber wird ihre Familie Sie nicht vermissen?«

Sie erzählte ihm von der Reise der Eltern und bemerkte kaum, dass Charlotte ihren Platz für Connor räumte, sodass sie nun zwischen ihm und Yael saß.

Später, als er mit seinem Bruder und David über irgendetwas diskutierte, sagte Yael leise: »Ich bin so froh, dass du bleibst. Ich habe noch nie Weihnachten gefeiert und ein bisschen Sorge, etwas falsch zu machen.«

Evie senkte ebenfalls die Stimme. »Du kannst mich alles fragen, aber ich glaube, man würde es dir auch nicht krummnehmen, wenn du mit den Bräuchen nicht vertraut bist. Die Schotten feiern das Fest noch gar nicht so lange, wie man denken könnte. Es war eine lange Zeit verboten, weil die meisten Traditionen in Wirklichkeit heidnisch sind. Ich bin übrigens auch heilfroh, dich hier getroffen zu haben.« Sie zeigte auf ihre Haare. »Ich bin nicht darauf vorbereitet, so lange zu bleiben.«

»Was brauchst du?«

»Natürliche Seife oder ein mildes Shampoo wäre toll.«

»Das habe ich beides. Ich müsste mir auch die Haare machen. Eigentlich wollte ich Charlotte mit den Vorbereitungen für morgen helfen, aber Lexi hat ihren Cousin aus dem Pub angeheuert.«

»Rory kocht für uns?«

»Der schnuckelige Rothaarige von gestern Abend. Heißt er so?«

»Genau. Wann ist es bei Charlotte eigentlich so weit?«

»Lass mal überlegen, sie ist im siebten Monat – Anfang März? Ich kenne mich nicht so damit aus.«

»Dann ist Fleurie gar nicht deine Tochter?«

»Davids. Wie es das Schicksal aber manchmal will, sind wir beide Jüdinnen. Er nicht.« Sie leerte ihre Tasse. »Um auf die Weihnachtsvorbereitung zurückzukommen. Ich habe keine Ahnung, was noch alles erledigt werden muss. Seitdem ich weiß, dass ich nicht in der Küche zu helfen brauche, geht es mir jedenfalls schon besser. Ich kann zwar mit Messern werfen, aber ansonsten bin ich in der Küche eine Gefahr für meine Mitmenschen. David kocht dagegen super, aber er hat eine Verabredung mit Duncan. Irgendeine Männer-Sache, schätze ich.«

Evie war sich nicht sicher, ob sie richtig gehört hatte. »Du willst doch nicht erzählen, dass du Messerwerferin bist?«

»Ich bin sogar ziemlich gut darin, aber verrat' mich nicht. Das Überraschungsmoment und so weiter …« Yael lachte fröhlich und winkte Charlotte heran, die gerade aufgestanden war.

Bestimmt hatte die heitere Französin sie auf den Arm genommen.

KAPITEL ZEHN

Den Nachmittag verbrachte Evie damit, gemeinsam mit der Familie Plätzchen zu backen. Während die Mädchen und ihr Bruder konzentriert kleine Sterne ausstachen und auf den Backblechen verteilten, taten sich die Männer damit hervor, Teig zu naschen, bevor sie mit den Kindern ein Lebkuchenhaus zusammenbauten.

Als es dunkel wurde, fuhren David und die Murrays mit den Kleinen in die Kirche, und Yael kam mit einem knappen Dutzend Kleider zu Evie ins Turmzimmer.

»Liebe Güte, die hast du alle mitgebracht?«

»Wir waren vorher ein paar Tage in Paris. Davids Mutter wollte dieses Jahr nicht nach Schottland fliegen. Wir haben sie mit Fleurie besucht und – nun, sagen wir mal so: Shopping kann auch tröstlich sein.«

»Du kommst nicht mit ihr zurecht?«

Yael seufzte. »Sie hat dauernd von Davids Frau gesprochen. Die ist bei einem Terroranschlag ums Leben gekommen, und ich fürchte, das hat sie für ihre Schwiegermutter zu einer Heiligen werden lassen.«

»O je, du Arme.«

»Sehen wir es positiv: Die Auswahl an Kleidern ist deutlich größer geworden. Was genau genommen schon ein Wunder ist. Bevor ich David kennengelernt habe, hab ich selten welche getragen.« Sie fügte mir verschwörerischer Miene hinzu: »Ich glaube, er hat so einen kleinen Fetisch – jedenfalls kann er kaum die Hände bei sich behalten, wenn ich eins trage. Ein Glück, dass Fleurie bei ihren Cousinen im Zimmer schläft.«

Evie fand die Offenheit erfrischend, Yael war ganz nach ihrem Geschmack. Als sie sich ausgezogen hatten, wurde klar, dass der Körper ihrer neuen Freundin äußerst durchtrainiert aussah. Sie war jedoch etwas größer, dafür besaß Evie deutlicher ausgeprägte Kurven und eine schmalere Taille, so trugen sie dennoch in etwa die gleiche Kleidergröße. Eine Entscheidung war trotz der Auswahl schnell gefallen. Sie entschied sich für ein A-förmig geschnittenes Kleid, das bei jedem Schritt verführerisch schwang. Die Schuhe, mit denen sie in der Buchhandlung von der Leiter gerutscht war, verstärkten den Effekt noch. Sie lachten gemeinsam, als sie ihrer neuen Freundin von dem Missgeschick erzählte.

Yael fiel es schwerer, eine Auswahl zu treffen. Schließlich blieben zwei Modelle übrig, und sie hielt sich noch mal ein rotes Seidenkleid und eines aus dunkelblauem Samt an. »Welches soll ich nehmen?«

»Das blaue Kleid für morgen und das rote für Hogmanay.«

Yael hängte beide wieder auf. »So mache ich's. Was bedeutet das Wort *Hogmanay* eigentlich genau?«

»Einfach nur *Silvester*, aber es soll französische Wurzeln haben und von *Hoginane* stammen.« Sie tat sich ein bisschen schwer, das Wort auszusprechen, doch Yael nickte.

»Das könnte sein. In der Normandie gibt es eine Tradition, nach der man sich kleine Geschenke zum Jahresende überreicht, die heißen *Hoguignetes*. Aber genug mit Geschichte, wir müssen uns beeilen. Meinst du, man kann die Heizung noch ein bisschen aufdrehen?«

»Puh! Noch wärmer? Man merkt, dass du aus dem warmen Süden kommst. Wir könnten den Kamin anzünden.«

»Funktioniert der noch?«

»Lexi sagt, das tut er. Geh du schon mal ins Bad, ich mache derweil Feuer.«

Später saßen sie mit offenen Haaren vor dem Kamin und redeten über alles Mögliche. Die Zeit verging wie im Flug, aber als Yael sich verabschiedete, waren ihre Haare immer noch nicht ganz trocken.

Evie sortierte ihre Unterlagen und schaute Nachrichten, unentschlossen, was sie tun sollte. Zum Abendessen wollte man sich zwar nur ganz informell in der Küche treffen, aber so nett sie die Murrays auch fand, eine so lebhafte Familie konnte ganz schön anstrengend sein, und Evie gehörte zu den Menschen, die viel Zeit für sich selbst brauchten, um ihre Akkus wieder aufzuladen.

Sie sah zum Fenster hinaus. Es schneite immer noch ein wenig. Die Lichter von Connors Cottage konnte sie aber in der Dunkelheit erkennen. Irgendwo hatte sie mal gelesen, die meisten Autoren oder Schriftstellerinnen seien auch introvertiert, und wenn sie nach einer langen Zeit des zurückgezogenen Schreibens wieder auf Buchmessen oder Lesungen gingen, empfänden es viele regelrecht als einen Schock.

Sie legte die Stirn an die kalte Fensterscheibe und dachte an den gestrigen Abend im Pub und an ihren kurzen Besuch bei ihm. Sie war sich sicher, dass er nicht allzu häufig jemanden in sein Haus einlud. Es hatte auf eine eigentümliche Weise – sie suchte nach Worten – jungfräulich gewirkt. Wie sie selbst brauchte er viel Freiraum für sich und seine Arbeit. Heute Morgen hatte sie gedacht, dass ihr verlängerter Aufenthalt auch eine Chance sein würde, ihn näher kennenzulernen. Aber nun war sie sich nicht mehr sicher, ob es klug war, seine Nähe zu suchen. Evie war erfahren genug, um die Anzeichen einer Verliebtheit zu erkennen, und was im Augenblick noch in ihr knisterte, konnte schnell zu einem mächtigen Feuer anschwellen. Ein emotionales Inferno aber käme höchst ungelegen, denn Beruf und Leidenschaft wollte sie unbedingt getrennt halten, und sie wollte diesen Auftrag unter allen Umständen an Land ziehen. Im Grunde lebten sie ja auch in vollkommen unterschiedlichen Welten, und eine solche Beziehung hätte nach ihrer Erfahrung ohnehin keine Zukunft.

Wer spricht denn von einer Beziehung? Die lästige innere Stimme schwärmte dessen ungeachtet schamlos von erfüllenden erotischen Begegnungen. Schon in Edinburgh hatte ihr Körper eindeutig auf den sexy Geschichtenerzähler reagiert, und nach dem gestrigen Abend war sie sicher, dass auch er nicht gänzlich abgeneigt war.

Keine gute Idee! Entschlossen beendete sie die Gedankenspiele und griff nach dem Smartphone, um anzurufen, damit Lexi nicht für sie eindeckte.

Es klingelt ein paar Mal, und sie wollte schon wieder auflegen, als eine dunkle Stimme sagte: »Hallo Evie.«

»Connor!« Vor Schreck hätte sie beinahe das Handy fallen lassen. Ohne nachzudenken, hatte sie auf die zuletzt gewählte Nummer getippt, weil ihr entfallen war, dass sie gestern mit Connor die Handynummern ausgetauscht hatten. »Ich wollte eigentlich Lexi Bescheid geben, dass ich nicht zum Abendessen komme.«

»Ist alles in Ordnung?« Er klang besorgt.

»Bestens. Ich …« Vollkommen unerwartet sprudelte es aus ihr heraus, und sie gestand ihm, wie wichtig Phasen des Alleinseins für sie waren. »Es ist nicht so, dass ich Menschen nicht mag«, sagte sie zum Schluss und hoffte, er würde sie verstehen. »Ich fühle mich nur manchmal von der Intensität des Zwischenmenschlichen überfordert. Es klingt vielleicht ein wenig wirr, kann man das verstehen?«

Er antwortete lange nicht, bis sie Angst bekam, etwas Verletzendes gesagt zu haben.

»Ich verstehe genau, was du meinst. Du musst morgen auch nicht mitfeiern. Charlotte – wir alle wollen nur, dass du dich willkommen fühlst.«

»Das tue ich.« Tränen stiegen ihr in die Augen. Wie sollte sie ihm erklären, was diese Herzlichkeit in ihr auslöste?

Die Murrays waren eine weltoffene Familie, die aber auch zusammenhielt und sich gleichzeitig dem Land und den Traditionen zutiefst verbunden fühlte. Ihre Einladung, die Feiertage in Bonny Bridge zu verbringen, hatte Evie sehr berührt, und wie häufig, wenn ihr jemand mit Freundlichkeit und Wärme begegnete, überfiel sie das Gefühl, nicht dazuzugehören. Bei solchen Gelegenheiten überkam sie manchmal sogar eine tiefe Einsamkeit. Etwas verspätet wurde ihr klar, dass sie die Anzeichen dafür diesmal übersehen hatte.

Nach zwei Therapien hatte sie recht gut gelernt, die verstörenden Gefühle einzuordnen und wie einen wilden Bergbach durch sich hindurchsprudeln zu lassen, bis sie versiegten. Aber jetzt war noch etwas hinzugekommen: Sie hatte sich verliebt. Nicht in Rory, den netten Koch, der in ihrer Liga spielte, nicht in Anthony, den Charmeur, sondern ausgerechnet in Connor, der wahrscheinlich ebenso kompliziert war wie sie selbst. Und er gehörte zu *den anderen,* die in eine andere Welt hineingeboren worden waren als sie. Er kannte seine Privilegien und nahm sie als etwas Selbstverständliches.

Himmel ja, es ging nicht um Erotik oder gar Sex. Jedenfalls nicht vordergründig. Sie hatte sich in Connor Murray verliebt und hätte davonlaufen sollen, um ihr Herz zu retten. Stattdessen saß sie weitab von zu Hause in einem schottischen Schloss fest.

Als hätte Connor ihr Zeit zum Nachdenken geben wollen, war eine lange Pause entstanden, bis er sagte: »Du kannst mich jederzeit anrufen.«

»Danke sehr. Ich – ich weiß das zu schätzen«, sagte sie, drückte das Gespräch weg und rief Lexi an.

»Bist du okay?«

»Ja, klar. Vielleicht ein bisschen Weihnachtsblues und Schlafdefizit von gestern. Ich habe Kekse hier und mache mir noch einen schönen Tee vor dem Schlafengehen.«

»Na dann, bis morgen. Frühstück gibt es ab neun, und um zehn Uhr wird das Weihnachtszimmer geöffnet. Das solltest du nicht verpassen.«

Was nun? Es war noch nicht mal acht Uhr. Sie packte ihren Koffer wieder aus, zappte lustlos durchs Fernsehprogramm und sah bei einem Streamingdienst rein. Doch der historische Film, den sie sich aussuchte, konnte sie nicht so recht fesseln. Der Held, das musste man so sagen, war ein Holzkopf. Während es allen anderen längst klar war, dass der attraktive Duke und die schöne Fremde zweifelhafter Herkunft zusammengehörten, beharrte der Trottel immer noch darauf, dass eine legale Verbindung aus gesellschaftlichen Gründen nicht möglich war.

Da fiel ihr das Buch wieder ein, das ihr die Freundin in Edinburgh geliehen hatte. Es dauerte nicht lange, und sie befand sich wieder mitten in der Geschichte.

Ein leises Klopfen ließ sie aufschrecken. Wahrscheinlich war es Yael, die ihr Haarband vermisste. Evie griff danach und lief die Holzstufen hinunter, um zu öffnen.

»Du!«

Connor blinzelt. Offenbar hatte er nicht mit dieser Begrüßung gerechnet. »Komme ich ungelegen? Ich dachte, du hättest vielleicht Hunger.«

»Nein. Ich meine, ja.« Sie musste über ihre eigene Ungeschicklichkeit lachen. »Komm rein, ich war gerade in Gedanken so weit weg …«

Er folgte ihr die Stufen hinauf und sah sich um. »Du wirst es nicht glauben, aber ich war noch nie in diesem Zimmer, nachdem es renoviert wurde.«

»Es ist supergemütlich.«

»Vielleicht ein bisschen warm. Darf ich?«, fragte er und zog seine Jacke aus, als sie nickte. »Du hast den Kamin angeworfen? Ich dachte eigentlich, mein Bruder hätte eine leistungsfähige Heizung einbauen lassen.«

»Hat er, aber vorhin war Yael hier, und sie ist offenbar mediterrane Verhältnisse gewohnt.«

Connor wirkte auf einmal verlegen. »Ich glaube, ich weiß, was du vorhin mit der *Intensität des Zwischenmenschlichen* gemeint hast. Ich liebe meine Familie, und eigentlich bin ich auch gern unter Leuten. Wie könnte ich über das Leben schreiben, wenn ich es nicht erlebte? Aber zwischendurch brauche ich Ruhe und Abstand, um mich selbst nicht zu verlieren, in all dem Trubel.«

»Ich denke oft: *Da gehörst du nicht hin*«, gab sie zu und sah, wie er mit sich rang, um die passenden Worte zu finden.

»Du bist hier genau richtig«, sagte er schließlich und wies auf den flauschigen Teppich vor dem Kamin. »Da oder am Schreibtisch?«

Die Frage klang in ihren Ohren zweideutig, aber das lag sicher nur an ihrer überhitzten Fantasie. Connor wirkte nicht, als hätte er erotische Gedanken. Schnell sagte sie: »Ein Picknick vor dem Kamin? Ich bin dabei!«

»Hauptsache, Santa Claus bekommt keinen Wind davon und macht hier Halt, um sich zu stärken.«

»Wäre das nicht Stoff für ein Buch?«

»Würde ich Fantasy-Romane schreiben, ganz bestimmt.«

Während sie eine Karaffe mit Wasser füllte, stellte er den Korb ab und packte Teller, Gläser und Schüsseln aus. Sogar an Servietten hatte er gedacht.

»Soll ich uns Tee aufbrühen?«, fragte sie und wies auf den Wasserkocher auf dem Schreibtisch.

»Wie im Hotel«, sagte er lachend. »Gibt es auch eine Mini-Bar?«

»Leider nicht.«

»Das habe ich mir gedacht.« Er zog eine Flasche aus dem Korb. »Ich habe Rotwein mitgebracht.«

Sie ließ sich im Schneidersitz neben ihm nieder. »Auch gut. Dann lass mal sehen, was du Lexi sonst noch aus der Vorratskammer gemopst hast …«

»Eigentlich«, sagte er und nahm den Deckel einer Schüssel ab, »stammt das aus meinem Kühlschrank.«

»Sag nicht, du hast dich hier heimlich raufgeschlichen?«

»Was glaubst du? Ich kenne die geheimen Gänge von Torgorm Castle besser als jedes Schlossgespenst.«

»Das klingt gruselig«, sagte sie und biss in ein Sandwich. »Oh!«

»Auch gruselig?«, fragte er amüsiert.

»Nein, lecker!«

Sie sprachen über Schottland und welches Bild andere von ihrem Land hatten. Über die Pläne der Murrays und die Notwendigkeit, ihr Zuhause für kommende Generationen zu erhalten.

»Du musst dir keine Gedanken wegen morgen machen«, sagte Connor, als das Feuer heruntergebrannt war. »Es kann anstrengend werden, weil Duncan und Charlotte den Tag perfekt für die Kinder inszenieren möchten, aber man muss nicht alles mitmachen.« Er stand auf. »Ich verstehe, dass es seltsam sein muss, Weihnachten unter ziemlich fremden Leuten zu feiern. Aber es wird bestimmt nett. Mein Bruder ist Manager und kann es schlecht ertragen, wenn etwas nicht nach Plan verläuft. Dafür ist Charlotte eine Französin, wie sie im Bilderbuch steht, diszipliniert, aber offen für jede Form von Chaos. Ich bin noch nicht dahintergekommen, wie sie das macht.«

»Wahrscheinlich sind das die besten Voraussetzungen, Mutter zu sein.« Sie stellte die letzte Schüssel in den Korb.

»Da kannst du recht haben.« Connor gab ihr einen Kuss auf die Wange, als wäre es das Selbstverständlichste auf der Welt. »Suki und Gordon müssen noch mal an die frische Luft … Wir sehen uns morgen.«

KAPITEL ELF

Morgens war beinahe die gesamte Familie im Frühstücksraum versammelt, nur Anthony fehlte. Unter den strengen Augen eines Highlanders, der aus einem großen Gemälde auf sie herabblickte und entfernte Ähnlichkeit mit den Murray-Brüdern hatte, befand sich ein üppiges Büffet. Der ovale Tisch war festlich gedeckt, und in der Mitte lag, mit Bändern und glänzenden roten Beeren geschmückt, ein prächtiger Kranz aus Stechpalme und Mistelzweigen. In den vergangenen Tagen hatte Charlotte das Haus weihnachtlich mit Girlanden und Lichtern dekoriert, mit Yaels und Anthonys Hilfe allerdings, weil sie Duncan versprechen musste, nicht mehr auf Leitern *herumzuklettern*, wie er es nannte.

Connor stand auf, um ihr den Stuhl zurechtzurücken. Niemand schien sich darüber zu wundern, dass er für sie einen Platz neben sich freigehalten hatte. Nur Yael zwinkerte ihr frech zu. Charlotte und Duncan hatten sowieso genug mit ihren Kindern zu tun, die vor lauter Vorfreude schon ganz zappelig waren.

Die Tür öffnete sich erneut, Anthony kam herein und ging direkt zum Büffet. Er wirkte ein bisschen mitgenommen, als läge eine kurze Nacht hinter ihm. Sein breites Grinsen verriet allerdings, dass es keine Albträume gewesen sein konnten, die ihn vom Schlafen abgehalten hatten. »Fröhliche Weihnachten!«, sagte er und ließ sich auf einen Stuhl fallen. »Ist noch Kaffee da?«

Duncan sah ihn ärgerlich an, schob ihm aber wortlos die Thermoskanne und eine Wasserkaraffe zu.

»Jetzt, da wir komplett sind, möchte ich etwas zum Ablauf des heutigen Tages sagen«, sagte Charlotte und sah erst Yael und danach Evie an. »In der Küche steht eine Suppe bereit. Brot, Käse und so weiter gibt es auch. Wir werden mit den Kindern gegen ein Uhr in der Küche essen. Wer mag, kommt einfach dazu. Das Abendessen beginnt heute um sechs …«

»… und endet um Mitternacht«, warf Duncan ein und gab ihr einen Kuss. »Nach der Bescherung gehe ich mit den Kindern hinaus, um das *Weihnachtsscheit* zu holen. Wer Lust hat, kann sich uns natürlich anschließen.«

Das Frühstück sah köstlich aus, aber Evie aß morgens nicht viel und nahm sich deshalb Quark, Haferflocken und etwas Fruchtsalat. Mit Porridge konnte sie sich nicht anfreunden. Yael offensichtlich auch nicht. Sie plauderten ein wenig miteinander, und als sie erzählte, dass sie Yoga machte, war Yael begeistert. »Ich liebe es!« Darüber hatten sie gestern gar nicht gesprochen.

David warf ein: »Sie kann sich dermaßen verbiegen,

dass ich manchmal Sorge habe, sie wird anschließend nie wieder aufrecht stehen können.«

»Oh, wirklich? Ich mach das eher für den Hausgebrauch.« Evie sah Yael bewundernd an. Ihr war bei der Kleideranprobe aufgefallen, wie unglaublich fit Davids Freundin aussah, und er stand ihr da um nichts nach. Das Arbeiten im Garten hielt einen auch in Schwung, aber in diesem Winter hatte sie viel am Schreibtisch gesessen, und zum Reiten war sie auch nicht gekommen. Vielleicht sollte sie sich in Swindon einen Reitstall suchen und wieder damit beginnen.

»Papa, wann kommt denn *Père Noël*?«, fragte die kleine Fleurie ein ums andere Mal, bis ihr Vater seinen Schwager hilfesuchend ansah.

»Wir werden ihn bestimmt hören«, versicherte der.

Tatsächlich rumpelte es plötzlich draußen im Gang und Glöckchen klingelten. Die Kinder waren wie elektrisiert. »Wartet! Ich gehe voran«, sagte Duncan nachdrücklich. »Nicht dass euch noch ein Rentier beißt.«

»Die passen doch gar nicht durch den Kamin«, rief seine Tochter Lucinda empört. Die ältere Schwester Isla entgegnete: »*Father Christmas* ist magisch, der kann alles, was er will, *Dummchen*.«

»Woher willst du das denn wissen?«

»Ich weiß es eben.«

Charlotte legte beiden eine Hand auf die Schulter. »Kinder, streitet nicht! Sonst verlegt euer Vater vor Aufregung noch den Schlüssel zum Weihnachtszimmer wie im letzten Jahr.«

Evie musste ein Lachen unterdrücken und sagte leise

zu Yael: »Das sind interessante Erziehungsmethoden, die sollte man sich merken.«

»Allerdings. Was passiert denn jetzt?«

»Ich nehme an, der Weihnachtsmann wird Geschenke hinterlassen haben. Natürlich nur für diejenigen, die brav waren«, fügte sie hinzu und stupste Isla. »So ist es doch?«

»Das waren wir alle. Nur bei Fleurie bin ich nicht sicher, sie wohnt ja nicht hier.«

»Ich habe mich immer gut benommen! Oder, Yael?«

»Absolut vorbildlich, ich habe noch nie so ein liebes Mädchen kennengelernt.«

David nahm seine Tochter an der Hand. »Ich wüsste da schon die eine oder andere Sache …« Als er ihr Gesicht sah, lachte er. »Aber ich glaube nicht, dass du dir Gedanken machen musst.«

Inzwischen waren sie alle die Treppe hinaufgegangen, hatten die Dekoration am Geländer bewundert, in der wie von Geisterhand unzählige Lichter aufglommen, und warteten vor der Bibliothek auf den Hausherrn. Lexi war nun auch bei ihnen. Endlich zog Duncan einen großen Schlüssel aus der Tasche und schloss die gegenüberliegende Tür auf. Die Kinder rannten zum Kamin, an dem Weihnachtsstrümpfe in den unterschiedlichsten Farben aufgehängt waren. Die Erwachsenen bewunderten den reich geschmückten Weihnachtsbaum. Darunter lagen liebevoll verpackte Geschenke, und Evie fühlte sich ziemlich unwohl, weil sie mit leeren Händen gekommen war.

»Wir ziehen in jedem Jahr Lose, wer wem etwas schenkt, sonst wäre es zu viel«, sagte Connor neben ihr, als hätte er geahnt, wie sie sich fühlte. Ganz leicht nur legte er ihr eine Hand auf den Rücken und begleitete sie zum Kamin. »Ich wette, Father Christmas hat rechtzeitig von deinen veränderten Reiseplänen erfahren. Du weißt doch, er ist magisch.«

Ihr Pulsschlag hatte sich in den letzten Sekunden verdoppelt. »Wirklich?«, fragte sie mit ungewohnt heller Stimme. Und tatsächlich hing an einem der Strümpfe ein Schild mit ihrem Namen.

Connor reichte ihn ihr, nahm sich seinen ebenfalls und zog eine viktorianische Weihnachtskarte heraus. »Hierin steht eine Nummer, siehst du? Die findet sich auf einem der Pakete unter dem Baum.«

»Das ist ja witzig«, sagte Yael, die ihre Karte aufschlug, in der, wie bei ihnen allen, neben der Zahl ein persönlicher Gruß von Charlotte und Duncan stand. »Aber warum schreibt man die Namen nicht einfach auf die Pakete?«

Anthony gesellte sich zu ihnen. »Weil einer von uns – und ich verrate jetzt nicht, wer das war – auf die Idee gekommen ist, den Schlüssel zu mopsen, um nicht bis zur Bescherung warten zu müssen. Es gab furchtbar Ärger, natürlich ist es ihm nicht gelungen, alles wieder ordentlich einzupacken, und er ist aufgeflogen.«

»Seither haben wir eine Familientradition mehr«, bestätigte Connor die Geschichte.

»Und wer war der Übeltäter, oder war es eine Übeltäterin?«, fragte sie ihn neugierig.

»Meine Lippen sind versiegelt.«

Yael wollte es genau wissen. »Erfährt man denn später, wer einen beschenkt hat?«

David legte ihr einen Arm um die Taille. »Das darf nicht verraten werden. Die Einzige von uns, die es sicher weiß, ist meine Schwester, bei ihr laufen die Fäden zusammen. Man kann Wünsche aufschreiben, die sie an den Weihnachtsmann weiterleitet. Außerdem verpackt sie alles und versieht es mit den Nummern.«

»Alle Achtung«, sagte Evie. »Charlottes organisatorisches Talent hätte ich auch gern.«

Gemeinsam gingen sie zum Weihnachtsbaum, um ihre Pakete zu suchen. Ihres war flach, ganz schön groß und ziemlich schwer. Es war so liebevoll eingepackt wie alle anderen auch, und sie fragte sich, wann die dreifache Mutter dafür noch Zeit fand. Behutsam öffnete sie die Schleife, faltete das Geschenkpapier auseinander und hielt den Atem an, als sie ein kostbares Buch enthüllte: Den Nachdruck von Batty Langleys *Eine sichere und einfache Methode zur Verbesserung eines Anwesens*. Der Gartenarchitekt hatte im achtzehnten Jahrhundert gewirkt, der Nachdruck stammte aus dem späten neunzehnten Jahrhundert und war ganz sicher eine Menge wert.

»Gefällt es dir?«, fragte Charlotte und setzte sich zu ihr. »Mein Rücken bringt mich noch um. Ich hatte ganz vergessen, wie es ist, den ganzen Tag ein Baby mit mir herumzuschleppen.«

»Es ist wunderschön, aber das kann ich nicht annehmen!«

Charlotte lachte. »Dann musst du mit dem Weihnachtsmann sprechen. *Ma Chère*, würdest du mir meinen

Schal bringen? Ich habe ihn dort hinten auf dem Stuhl vergessen.«

»Natürlich!« Sie sprang auf. Als sie zurückkehrte, sah sie ihre Gastgeberin mit Connor tuscheln und ahnte, wem sie dieses großzügige Geschenk zu verdanken hatte.

Nachdem Ruhe eingekehrt war, sagte Duncan: »Ich denke, es wird Zeit, das Weihnachtsscheit zu holen, was meint ihr, Kinder?«

Charlotte wollte aufstehen, aber David sagte: »Bleib sitzen, wir schaffen es schon, die kleinen Rabauken warm anzuziehen.«

Erleichtert sah sie ihm nach, während er begleitet von Yael mit den Kindern hinausging.

Anthony hatte sich verdrückt, vermutlich, um den verpassten Schlaf nachzuholen, und Connor verabschiedete sich ebenfalls, um die kleine Gruppe zu begleiten und nach seinen Hunden zu sehen.

Evie ging zu Charlotte und fragte: »Kann ich irgendwas helfen?«

»Ja, du kannst mir aus diesem unmöglich tiefen Sessel heraushelfen«, sagte Charlotte und reichte ihr die Hand. Als sie stand, sagte sie: »Normalerweise würde ich jetzt in die Küche gehen, um die Desserts vorzubereiten. Aber in diesem Jahr haben wir ja Rory, der uns unterstützt. Ich werde mich ein bisschen ausruhen, der Abend wird lang.« Sie zeigte auf ihr kostbares Geschenk. »Das bring lieber in dein Zimmer, hier unten in der Weihnachtsstube ist vor den Kleinen nichts sicher.«

Evie folgte dem Rat ihrer Gastgeberin. Als sie oben angekommen war, öffnete sie ihr Fenster zum Lüften. Unten war Kinderlachen zu hören, und gleich darauf erschien Duncan mit den Mädchen, begleitet von Connor und dem französischen Paar. David zog einen Schlitten, auf dem der kleine Duncan Junior saß, den alle nur Sinny riefen, nach seinem zweiten Vornamen Sinclair, wie Charlotte ihr erklärte, als sie sich über den Namen gewundert hatte.

Connor war nicht zu sehen, und sie dachte, dass er mit dem Auto nach Hause gefahren sein musste. Hätte sie ein Fernglas gehabt, wäre sie wahrscheinlich versucht gewesen, so lange zu seinem Haus hinüberzusehen, bis er dort angekommen war. Sie hatte noch keine Gelegenheit gehabt, sich für das Geschenk zu bedanken. Das würde sie später nachholen, und sie hatte auch schon eine Idee, wie sie das tun würde.

KAPITEL ZWÖLF

Evie holte nach, was sie gestern versäumt hatte. Sie schrieb ihren Eltern eine Mail und berichtete darin von den unfreiwilligen Planänderungen. Es ist schön hier, versicherte sie ihnen. Macht euch keine Sorgen, die Leute sind unglaublich nett.

Danach schickte sie eine Nachricht an ihre beste Freundin Kea, die inzwischen in Kew Gardens arbeitete. Sie waren für Silvester gemeinsam zu einer Party eingeladen. Daraus würde ja nun nichts werden. Ihre Nachbarin wollte sie morgen anrufen, um sie zu bitten, nach der Post zu sehen. Sie kannten sich noch nicht lange, aber Evie hatte Mrs Brown geholfen, ihren Balkon winterfest zu machen, und kaufte gelegentlich für sie ein. Die alte Dame verbrachte den heutigen Tag bei ihrer Tochter, aber sie würde sich sorgen, sobald sie bemerkte, dass Evie nicht wie geplant von ihrer Reise zurückgekehrt war. Sie sagte immer: »Wenn die Menschen besser aufeinander achtgeben würden, gäbe es nicht so viel Elend in der Welt.«

Später ging sie hinunter in die Küche. Sie hatte Hektik erwartet, aber die Stimmung war entspannt, und es duftete nach einer Mischung aus Gebäck und Braten. Lexi war nirgends zu sehen, aber Rory stand mit einem Nudelholz am Tisch und rollte Teig aus.

»Hiya, Evie! Wie gehts?«, fragte er mit einem strahlenden Lächeln.

»Super. Ich wollte fragen, ob ich helfen kann.«

»Kommt drauf an. Kannst du Karotten schälen?«

»Ich denke, das bekomme ich hin.«

Er schob ihr eine Schüssel mit dem Gemüse über den Tisch und zeigte auf eine große Anrichte. »In der linken Schublade findest du Schälmesser, und an der Garderobe müsste noch eine Schürze hängen.«

Während Rory in rasender Geschwindigkeit Zwiebeln hackte und weiteres Gemüse vorbereitete, war sie bemüht, nicht zu neugierig auf seine bunten Tätowierungen zu starren, die beide Arme bedeckten und oben aus seiner schwarzen Kochjacke herausschauten.

»Wo hast du Koch gelernt?«

»Auf der Isle of Skye, in einem kleinen Seafood-Restaurant, danach war ich in Bordeaux, Berlin und Marseille.«

»Dann bist du ganz schön rumgekommen. Welche Stadt hat dir am besten gefallen?«

»Kann ich gar nicht sagen. Berlin war schon super, aber am Meer zu arbeiten hat auch was für sich.«

»Würdest du das nicht vermissen, wenn du hierher zurückkommst?«

»*Och nae*, in Schottland ist man doch nie weit vom Meer entfernt«, sagte er lachend. »So, jetzt ist der Lachs dran, und du kannst die Kartoffeln fürs Gratin schälen, wenn du mit den Karotten fertig bist.« Damit holte er zwei riesige Fische aus dem Kühlschrank und legte sie auf den Tisch.

Schweigsam arbeiteten sie Seite an Seite, während aus einem kleinen Radio Weihnachtsmusik dudelte. Wobei sie immer wieder zu ihm hinübersah und staunte, mit welcher Sicherheit er mit dem scharfen Messer hantierte. Jeder Schnitt, jeder Handgriff saß.

»Rory, kannst du …« Lexi stürmte herein. »Ach, Evie! Könntet ihr beide mal gucken kommen, ob der Tisch so okay ist?«

Evie band sich die Schürze ab und ging mit Lexi ins Frühstückszimmer, das wegen seiner heiteren Atmosphäre – wenn man einmal von dem nicht so gut gelaunten Vorfahren absah, der den Salon aus seinem Gemälde überblickte – auch für das gemeinsame Abendessen ausgewählt worden war.

Der Tisch war bereits gedeckt und dekoriert – allmählich glaubte sie wirklich, dass in Torgorm Castle eine ganze Schar wohlwollender Hauselfen tätig sein musste. Bei der Queen persönlich hätte die Tafel nicht prachtvoller aussehen können.

Rory war ihnen gefolgt. »Das sieht super aus, Lex. Du hast wirklich ein Händchen dafür.«

»Allerdings. Wie du diese Servietten gefaltet hast! Ist

das ein Schwan?« Evie bewunderte den silbernen Tafel-
aufsatz und sah dann aufs Besteck. »Liebe Güte, wie viele
Gänge gibt es denn?«

»Sieben. Das ist französische Tradition zu Weihnachten. Wir schummeln ein bisschen und zählen das Amuse-
Gueule mit dazu«, sagte Lexi.

»Genau. Wir machen Linsen-Lachs-Tatar auf Tomaten.
Austern wären auch großartig, aber Lady Torgorm ist
allergisch. Es gibt eine Gemüsebouillon, die ist schon
fertig, danach Lachsfilet im Brioche-Mantel, und als
Hauptgericht Truthahn mit Maronen gefüllt. Dazu
glasierte Karotten und Kartoffelgratin. Also ganz
klassisch.«

»Das sind aber noch nicht sieben.« Sie hatte
mitgezählt.

Rory zwinkerte ihr zu. »Lass dich überraschen! Am
Schluss gibt es jedenfalls dreizehn Desserts.«

»Du nimmst mich auf den Arm!«

»Nö, das machen die in der Provence so, und der
Hammer ist: Du musst von jedem probieren, und wenn es
auch nur ein winziges Stück ist.«

»Sonst erwartet dich ein unglückliches neues Jahr«,
ergänzte Lexi lachend.

»Das ist doch wahnsinnig viel Arbeit.« Sie konnte es
nicht fassen.

»Das meiste hat David mitgebracht. Es ist wirklich
lecker«, versicherte ihr Lexi.

Während die beiden in die Küche zurückkehrten, ging
sie in die Bibliothek. Sie wollte die Ruhe vor dem Abendessen nutzen, um sich noch mal die spätbarocken

Entwürfe anzusehen. Davon war nicht alles umgesetzt worden, aber das wunderte sie nicht. Die Arbeiten mussten auch so schon ein Vermögen gekostet haben, und das achtzehnte Jahrhundert war eine schwere Zeit für Schottland gewesen, in der viele ums nackte Überleben gekämpft hatten. Für Landschaftsarchitektur war da wenig Zeit geblieben. Die verantwortungsbewussten Landbesitzer allerdings hatten alles getan, um ihren Leuten Arbeit zu verschaffen, und so ein Gartenprojekt gehörte mit dazu.

Charlottes Dekorationsleidenschaft hatte auch vor der Bibliothek nicht Halt gemacht. Hier war sie allerdings zurückhaltender ausgefallen. Über dem Durchgang zum hinteren Raum hing ein Bündel aus Mistelzweigen, und in jedem Fenster leuchtete eine Kerze. Bei näherem Hinsehen stellte sich heraus, dass die Kerzen mit einem Akku betrieben wurden, was der Stimmung keinen Abbruch tat. Auf jeden Fall war es sicherer. Die Lichter wurden aufgestellt, um Fremden den Weg zu weisen, die in kalten Winternächten nach einer Unterkunft suchten. Evie sah hinaus und fröstelte unwillkürlich. Den ganzen Tag war es nicht richtig hell geworden, und nun schwebten wieder dicke Flocken am Fenster vorbei.

Sie setzte sich an den Tisch und schlug die Mappe mit den alten Zeichnungen vorsichtig auf. Nach einer Weile knipste sie eine Stehlampe an, und der Lichtschein zauberte eine warme Insel in den Raum. Zusammen mit den Kerzen im Fenster wirkte es beinahe magisch und auf jeden Fall sehr behaglich.

Unterbrochen wurde sie vom Vibrieren ihrer Uhr, das

eine neue Nachricht signalisierte. Ihre Mutter hatte geantwortet. Sie käme gerade von Schwimmen im Meer, schrieb sie, und wünsche ihr schöne Tage im Schnee. Der Zwinkersmiley durfte nicht fehlen.

Inzwischen war es Viertel vor fünf. Wie schnell die Zeit verging. Das Essen begann schon in einer Stunde! Sie streckte sich, reckte dabei die Arme in die Luft und kniff die Augen zu. Auf seltsame Weise half dieses Rekeln, Verspannungen zu lösen. Ihr Ex-Freund hatte sie immer ausgelacht und Kätzchen genannt, weil er die Maunzgeräusche, die sie dabei machte, niedlich fand. In Gesellschaft benahm sie sich natürlich nicht so, aber hier war sie ja für sich.

»Evie!«

Erschrocken sprang sie auf. Vor ihr stand Connor im Lichtkegel der einzigen Lampe. Obwohl er eindeutig schottische Abendkleidung trug, wirkte er im Kilt mit dem tief auf den Hüften sitzenden, breiten Ledergürtel auf eine unwiderstehliche Weise verwegen.

KAPITEL DREIZEHN

Connor freute sich auf das Familienessen. Er hatte die Hunde mitgebracht, die jetzt nach wildem Toben im Schnee und einem reichhaltigen Mahl in der Gärtnerstube schliefen. Wie jedes Jahr würde er heute in dem Zimmer übernachten, das er immer noch hier im Haus besaß. Dort hatte er sich auch umgezogen und ein paar Sachen weggeräumt, damit zum Jahreswechsel zwei seiner Cousins darin schlafen konnten. Torgorm war groß, aber zu Hogmanay wurden alle benutzbaren Zimmer gebraucht.

Die Vorstellung, mit Evie unter einem Dach zu schlafen, war erregend und in seiner Fantasie tanzten die Möglichkeiten, die sich ihnen heute Nacht boten, wie wilde Derwische umeinander.

Der Grund, hier zu übernachten, war allerdings profan. Früher waren die Murray-Brüder leichtsinnig gewesen, mit Verkehrskontrollen auf ihrem eigenen Land mussten sie nicht rechnen. Doch inzwischen fuhr er nicht mehr, wenn er mehr als ein Glas getrunken hatte. Was er auch selten tat, aber heute gab es Champagner, Wein und was seine französische Schwägerin sonst noch für unverzichtbar an einem Weihnachtsabend hielt. Sie war verrückt, jedes Jahr ein so großes Menü zuzubereiten. Gut, dass sie diesmal Hilfe hatte, denn diese vierte Schwangerschaft schien besonders beschwerlich für sie zu sein. Immerhin, den größten Teil der dreizehn Desserts brachte David jedes Jahr aus der Provence mit, und er half neuerdings auch in der Küche. Seitdem er seine Tochter allein aufzog, schien er Freude am Kochen entdeckt und nun auch wieder eine sympathische Frau gefunden zu haben. Yael machte den Eindruck, als liebte sie ihn und seine kleine Fleurie aufrichtig, und David wirkte wie ausgewechselt. Angesichts dieses Glücks spürte Connor eine schwer zu beschreibende Sehnsucht.

Das war natürlich unsinnig. Es ging ihm gut und keine Beziehung zu haben, war allemal besser als eine schlechte. Er bemühte sich, den Gedanken abzuschütteln, dafür war jetzt keine Zeit. Traditionell trafen sich die Männer eine Stunde vor dem großen Weihnachtsfamilienessen, und er wollte nicht, dass sich seine Brüder lustig machten (Anthony) oder sorgten (Duncan) und er wollte auch keine unsinnigen Ratschläge hören.

Einige Minuten zu früh öffnete er die Tür zur Bibliothek, doch es war bereits jemand da. Evie hatte den Nachmittag offensichtlich genutzt, um alte Unterlagen zu studieren, und rekelte sich nun wie eine Katze. Der Augenblick war viel zu intim, als dass er hätte bleiben dürfen. Doch genau das tat er, denn der Anblick war bezaubernd und ziemlich erregend.

Ihm gefiel, dass sie überhaupt nicht verlegen wirkte. Im Gegenteil, geschmeidig stand sie auf und betrachtete ihn ebenso unverhohlen. Ein sinnliches Lächeln erschien in ihrem Gesicht, und Connor war eitel genug, anzunehmen, dass ihr gefiel, was sie sah.

Mit wenigen Schritten war er bei ihr. Jacke und Bauchbinde ließ er auf einen Sessel fallen. Die legte er immer erst in letzter Minute an, weil sie ihm unbequem waren, wie der *Sporran*, den er gar nicht erst mitgebracht hatte.

Bei ihrem Anblick konnte Connor nur noch daran denken, wie gern er sie küssen wollte, und er hoffte mit aller Inbrunst, dass sie ebenso empfinden und ihm ein Zeichen geben würde.

Ihre Finger berührten sich wie zufällig, und es war, als würden zwischen ihnen Funken sprühen. Evies Augen strahlten, die Lippen öffneten sich einladend.

Oh, ja. Diesmal würde er sie küssen!

»Komm!«, sagte sie, nahm ihn an der Hand und zerrte ihn durch den halben Raum. Verwirrt ließ er es geschehen und folgte ihr, bis er erkannte, was sie im Sinn hatte: die Mistelzweige!

Sie blieb direkt darunter stehen, legte ihm die Arme um den Hals und sah zu ihm auf. »Küss mich, wilder Highlander!«, gurrte sie, und da war es endgültig um ihn geschehen.

KAPITEL VIERZEHN

Evie hatte all ihre Vorsätze verworfen. Ein Kuss unter dem Mistelzweig, mehr wollte sie ja nicht. Schließlich war Weihnachten, ein Fest, an dem man sich doch gewiss einen Wunsch erfüllen durfte. Dass Connor nichts dagegen haben würde, hatte sie ihm sofort angesehen. Er hatte sie beinahe mit den Augen verschlungen und ihr war es nicht anders gegangen. Der Mann war einfach unfassbar sexy – im Kilt noch mehr, als es erlaubt sein dürfte. Und er küsste wie jemand, der genau wusste, was ihr gefiel.

Männlich-wohlwollendes Gelächter und ein Räuspern rissen sie aus ihrer leidenschaftlichen Begegnung. Das Küssen nahm ein abruptes Ende, aber Connor hielt sie weiter im Arm. Ihm war es offensichtlich nicht peinlich, von seinen Brüdern und David mit der Gärtnerin beim Knutschen erwischt zu werden.

»Schon so spät!« Gefasst ging sie zur Tür und schaffte

es sogar, sich noch einmal umzudrehen und Connor anzusehen, der sehr zufrieden wirkte.

»Bis später«, sagte er, und ein verheißungsvolles Lächeln umspielte seine Lippen.

Die anderen Männer besaßen zumindest den Anstand zu warten, bis sie die Tür hinter sich geschlossen hatte, bevor sie zweifellos die Szene kommentieren würden, in die sie hineingeplatzt waren.

Er küsst himmlisch!, dachte sie entzückt und rannte so schnell sie konnte die Treppe hinauf in ihr Zimmer. Dort warf sie sich aufs Bett und lachte vor Glück. Es kam ihr vor, als spürte sie noch immer seine warmen Hände auf ihrem Körper. Obwohl er nur ihre Schultern umfasst und die Arme gestreichelt hatte, stand sie vollkommen in Flammen. Die brodelnde Leidenschaft war unverkennbar bei ihnen beiden vorhanden. Doch er hatte offensichtlich vor, sich Zeit zu lassen, um sie zu werben, bevor er sich mehr erlaubte als ein paar zärtliche Küsse. So etwas hatte sie noch nie erlebt, und es gefiel ihr. Sie würde sich auf dieses Spiel einlassen und es ebenfalls ruhig angehen lassen.

Vorfreude, sagte ihr Dad gern, sei die schönste Freude. Oftmals stimmte es, in diesem Fall jedoch wünschte sie sich sehnlichst, dass er sich irrte und auf eine prickelnde Vorfreude etwas noch viel Größere, etwas Einzigartiges folgen würde.

Ich bin verrückt! Verrückt nach diesem Mann, flüsterte sie und sprang auf. Es blieb ihr keine Zeit, herumzuliegen und zu träumen. Nach einer Blitzdusche legte sie ein leichtes Make-up auf, wählte den Lippenstift in dezenter

Farbe und tuschte ihre Wimpern, um sie noch länger erscheinen zu lassen, als sie ohnehin schon waren. Die Locken band sie luftig auf dem Oberkopf zusammen, wie sie es bei Essenseinladungen meisten tat, so hingen sie ihr nicht zu weit ins Gesicht. Für das grüne Taftkleid hatte sie sich entschieden, weil es gut mit der Halskette aus geschnittenem Achat und Silber harmonierte, die sie mitgenommen hatte. Dass es mit der blauen Stickerei am Saum zum Tartan der Murrays passen würde, hatte sie da noch nicht geahnt.

Es war fünf Minuten vor sechs, als sie nach ihrer kleinen Tasche griff und den Schal umlegte, der zum Kleid gehörte. Pünktlichkeit war wirklich nicht ihre Stärke, aber heute wollte sie auf keinen Fall die Letzte sein, deshalb rannte sie trotz der hohen Schuhe die Treppen hinunter und bangte bei jedem Schritt, ins Straucheln zu geraten. Unten angekommen, hielt sie sich einen kurzen Augenblick am Geländer fest, um nicht wie ein Trampeltier ins Speisezimmer zu stürmen. Die Türen standen weit offen. Connor unterhielt sich mit seinem jüngeren Bruder, wandte ihr aber den Rücken zu. Beide trugen den Kilt mit lässiger Selbstverständlichkeit. Als Anthony sie erblickte, musste er wohl eine Bemerkung zu Connor gemacht haben, denn nun sahen sie in ihre Richtung. Der eine mit einem frechen Grinsen, der andere staunend, wie es schien. Sie wäre ihm am liebsten in die Arme gesprungen, riss sich aber natürlich zusammen und ging, so anmutig es ihr möglich war, zu ihnen.

»Du siehst toll aus«, sagte Anthony und deutete einen Handkuss an.

»Das ist mein Text.« Connor warf ihm einen warnenden Blick zu. »Absolut bezaubernd. Möchtest du einen Aperitif? Wir haben Ananas-Ingwer-Spritz ohne Alkohol, den liebt Charlotte besonders, und natürlich Champagner.«

»Ich glaube, ich probiere den Ananas-Drink aus. Das klingt lecker.«

»Ist es auch.« Charlotte gesellte sich zu ihnen. »Guten Abend, Evie. Ich bin sicher, die beiden werden es dir schon gesagt haben. Wir freuen uns sehr, dich heute zu Gast zu haben. Und unter uns: Zwei Frauen mehr am Tisch zu haben ist auch eine nette Abwechslung.«

»Danke für die Einladung. Ich bin glücklich, Teil einer so harmonischen Familienfeier zu sein.«

Charlotte lachte. »Bis jetzt läuft es gut, wollen wir hoffen, dass es so bleibt. Wir sind eine ganz normale Familie.«

Nachdem auch Yael und David mit Fleurie heruntergekommen waren, begaben sie sich allmählich zum Tisch. Duncan und seine Frau hatten am Kopf der Tafel die drei Kinder um sich geschart. Fleurie war begeistert, dass sie neben der gleichaltrigen Lieblingscousine Isla sitzen durfte, und Evie entdeckte ihr Namensschild zwischen Duncan und Connor direkt gegenüber von Yael. Am unteren Ende blieb ein Gedeck frei.

»Ein Gruß aus der Küche«, kündigte Lexi an. »Schinken-Blätterteig-Tannenbäumchen mit Apfelstern und Thymian.«

»Das sieht ja süß aus!«, sagte Evie, und Connor

erklärte: »Sie lässt sich jedes Jahr eine besondere Überraschung einfallen.«

»Erwarten wir nicht noch jemanden?«, fragte Yael überrascht und wies auf den freien Platz.

»Kann sein, kann nicht sein. Zum Yule-Fest legen wir immer ein zusätzliches Gedeck auf.«

»Welch eine schöne Idee. Hat das was mit der Weihnachtsgeschichte zu tun?«

Das hätte Evie auch gern gewusst.

Connor antwortete: »Genau weiß man es nicht, aber es heißt, schon die Kelten pflegten diese Tradition. Von ihnen stammt vermutlich auch der Brauch, in den dunklen Nächten, wenn die Sonne am Himmel gefriert, ein Licht ins Fenster zu stellen und Feuer zu entzünden. Die Geschichte des Yule-Scheits ist ebenfalls viel älter als der Weihnachtsbaum. Den haben unsere Vorfahren übrigens verbrannt, sagt man.«

David ergänzte: »Dieses Holzscheit ist in Frankreich inzwischen aus Schokolade und heißt *Bûche de Noël*.«

»Oh, den kenne ich! Das ist ein total leckerer Kuchen.«

»Genau. Und wenn mich nicht alles täuscht, gibt es ihn nachher auch wieder. Meine Schwester ist nämlich ganz verrückt nach Schokolade.«

»Wer hat hier *Chocolat* gesagt?«, rief Charlotte.

Duncan legte den Kopf in den Nacken und ließ ein herzliches Lachen hören. Danach wurden Knallbonbons herumgereicht. Sie zogen immer zu zweit an einem. Connor half Evie dabei, den kleinen Papphut zurechtzurücken, der aus ihrem Christmas-Cracker gefallen war, und setzte sich seinen eigenen mit einem schiefen Grinsen auf.

Es war ein so fröhliches Weihnachtsessen, wie Evie es selten erlebt hatte. Verwundert beobachtete sie, dass die drei Mädchen die gleichen Gerichte aßen wie die Erwachsenen. Die Zusammensetzung war ein bisschen anders und natürlich waren die Portionen kleiner, aber sogar der dreijährige Sinny, der zwischendurch ein paar Mal einnickte, bekam von seinen Eltern Lachs und später Truthahn mit Maronen zu essen und von allem anderen immer ein bisschen zum Probieren.

Bei ihr war es anders gewesen. An die Weihnachtstage in Aberdeen erinnerte sie sich kaum noch, aber in der Adoptivfamilie hatte es immer spezielle Kindergerichte zu den Feiertagen gegeben, und ihre Cousinen besaßen sogar einen eigenen Tisch, an dem sie mit der Nanny aßen, um die Erwachsenen nicht zu stören. Hier ging es weniger formell zu, und die Kinder waren ganz offensichtlich Teil der Abendgesellschaft. Das gefiel ihr, und als sie eine Bemerkung dazu machte, sagte Yael: »In Frankreich ist es genauso. Die Kids werden allerdings vergleichsweise streng erzogen, sie besuchen ja schon sehr früh ganztägig die Krippe. In Israel ist es wiederum ganz anders. Manche Eltern scheinen zu glauben, bis zum Schulbeginn bräuchte ihr Nachwuchs überhaupt keine Erziehung. Das kann anstrengend sein – besonders für die Erwachsenen ohne Kids«, sagte sie und nickte Fleurie zu, als wollte sie dem Mädchen signalisieren, dass es nicht zu den strapaziösen Kindern gehörte.

Während des gesamten Essens brachen die Gespräche

nie ab. Man vermied erfolgreich brisante Themen, und Evie hatte längst vergessen, wie aufgeregt sie vor diesem Abend gewesen war. Dabei hatte sie allen Grund, Herzklopfen zu verspüren, denn sie war sich Connors Nähe stets bewusst. Dafür sorgten nicht zuletzt seine guten Umgangsformen. Er hätte nicht aufmerksamer sein können, schenkte ihr Wasser nach oder reichte ihr eine Beilagenschüssel, bevor sie die Hand danach ausstrecken konnte. Einmal berührten sich ihre Fingerspitzen, und sofort flogen die winzigen Hummeln in Evies Bauch erwartungsvoll auf. Es war erregend und gleichzeitig beruhigend, einen solchen Mann an ihrer Seite zu wissen.

Als nach dem Truthahn der Käse auf den Tisch kam, nahm sie sich nur ein winziges Stück. Evie war pappsatt, und die Aussicht auf dreizehn Desserts wirkte geradezu einschüchternd.

Um so erleichterter war sie, als Charlotte verkündete, nun sei es Zeit für den Yule-Scheit. Die Mädchen sprangen begeistert von ihren Stühlen und rannten die Treppe hinauf ins Weihnachtszimmer. Duncan trug seinen Sohn, und die anderen folgten, ebenfalls erleichtert, sich die Füße vertreten zu können. Yael flüsterte David zu: »Ich müsste mal …«, und er wies auf eine Tür am Ende des Gangs. Evie schloss sich ihr an, und auch Charlotte entschuldigte sich, um ihre Räume aufzusuchen, die hier irgendwo im ersten Stock lagen.

Als sie sich nebeneinander die Hände wuschen, sagte Yael: »Ich glaube, ich habe noch nie so viel gegessen und mich so wenig bewegt wie in den letzten Tagen.«

»Du machst normalerweise eine Menge Sport, nicht

wahr? Ich habe das diesen Winter ziemlich schleifen lassen. Bis zum Sommer bin ich viel geritten …«

»Oh! Vor dem Reiten habe ich Angst. Meine letzte Begegnung mit Eseln war jedenfalls eine Katastrophe«, sagte Yael und trocknete sich die Hände ab. »Ich klettere gern und laufe.«

»Yoga machst du doch auch?«

»Das ist mehr für die seelische Ausgeglichenheit.«

»David hat etwas anderes erzählt.«

»Muss der gerade sagen. Unter uns: Ich kenne keinen fitteren Mann als ihn.«

»Das ist offensichtlich«, sagt sie und grinste. »Muss er ja auch sein, mit einer Frau wie dir. Sag mal, was hältst du davon, wenn wir uns in den nächsten Tagen zum Yoga treffen. Du könntest mir vielleicht ein, zwei Übungen zeigen – nicht unbedingt die dreifache Brezel oder den eingesprungen Fasan.«

Yael lachte. »Sehr gern. Im Gegenzug schleichen wir uns gemeinsam in den Stall, und du erklärst mir, warum ich keine Angst vor Pferden haben sollte.«

»Die Murrays haben Pferde?«

»Eher so kleinere. Fell-Ponys, kann das sein? Fleurie ist ganz verrückt danach.«

»Die Queen auch. Das sind zauberhafte Ponys, vor denen musst du dich nicht fürchten. Einverstanden, das machen wir!«

Kichernd kehrten sie ins Weihnachtszimmer zurück, wo schon alle auf sie warteten, auch Lexi und ihr Cousin waren da. Die Kinder standen dicht gedrängt um Charlotte und sahen Duncan an, der als Hausherr das Feuer entfachen würde.

Das Yule-Holzscheit war mit einem keltischen Muster verziert. Sie hatten am Morgen farbige Zettel bekommen, auf denen jeder einen Wunsch notieren durfte. Diese steckten nun in Rissen, die sich durchs Holz zogen, und wirkten wie eine bunte Igelfrisur. Anthony schichtete Holzspäne im Kamin auf, mit denen das Feuer in Gang gebracht werden sollte, bevor der Weihnachtsklotz dazukam. Connor hielt einen Holzspan in der Hand, der ein wenig angekokelt aussah.

»Das ist der Rest vom letzten Jahr, damit zündet er das neue Holz an«, erklärte sie Yael leise. Augenscheinlich nahm die Familie diese Zeremonie sehr ernst, und sie wollte nicht stören.

Und so geschah es dann auch. Als die Flammen genügend angewachsen waren, legte Duncan das Yule-Holzscheit obenauf, und alle warteten ganz gespannt darauf, dass es Feuer fangen würde. Schließlich war es so weit, das Feuer knisterte und erfüllte den Raum mit Wärme.

»Die Wünsche steigen nun durch den Kamin hinauf, und mit ein bisschen Glück erfüllen sich einige davon im kommenden Jahr«, sagte sie und hoffte, ihrer würde dazu gehören, denn er hatte mit einem gewissen Schriftsteller zu tun, der sich nun zu ihr gesellte.

»Mögen deine Wünsche erhört werden«, sagte er leise, und sie glaubte einen Augenblick lang, in seinen Augen lesen zu können, dass er sich etwas Ähnliches gewünscht hatte wie sie.

Wortlos sahen sie einander an, bis Duncan verkün-

dete: »Und jetzt wird euch Connor eine Weihnachtsgeschichte vorlesen.«

Die Weihnachtsgesellschaft setze sich und Connor
kehrte zum Kamin zurück. Dort schlug er ein Buch auf
und begann zu lesen: »Es war einmal ein kleines
Mädchen ...«

KAPITEL FÜNFZEHN

Es war im Wesentlichen die *Sterntaler*-Geschichte, die Connor in seinem warmen Bass gefühlvoll und spannend vortrug. Doch er fand so wunderbare Worte, dass Evie sich zum Schluss eine Träne wegwischen musste. Die Kinder freuten sich, weil es für das arme und hilfsbereite Waisenmädchen gut ausgegangen war. Nur Sinny verschlief den berührenden Vortrag seines Onkels komplett.

Als sie gemeinsam die Treppe hinunter zurück ins Speisezimmer gingen, fragte Evie: »Ist es nicht gefährlich, das Feuer unbeaufsichtigt zu lassen?«

»Mein Bruder hat eine Überwachungskamera und irgendwelche Gerätschaften installiert, die Alarm schlagen, bevor etwas passieren kann.«

»Du meinst Rauchmelder?«

»Das wäre zu simpel für ihn, glaube mir.« Connor lachte und fügte dann hinzu: »Ich muss mal nach den

Hunden sehen. Ich bin gleich zurück.«

Im Speisezimmer packten alle mit an, um das Geschirr abzuräumen. Praktischerweise gab es einen großen Servierwagen, auf dem Teller und Besteck gestapelt wurden. Anthony und Evie begleiteten Rory in die Küche und halfen, die riesige Geschirrspülmaschine zu füllen. Auf ihre Frage hin erklärte Anthony: »Die Serie *Monarch of the Munroe* wurde teilweise in Torgorm gedreht. Sie hat viele Fans, und wir bieten Wandertouren an oder Führung durchs Haus. Und neuerdings die Highland-Games, da kommt eine Menge Geschirr zusammen.«

»Lieber Himmel, dann ist hier aber viel los.«

»Genau. Deshalb baut sich Connor das Cottage am See aus. In Glasgow hat er es nicht mehr ausgehalten, weil da ja fremde Menschen leben.« Anthony lachte vergnügt. »Mit denen hat er es nicht so. Als hier auch welche auftauchten, hat er fluchtartig das Weite gesucht.«

»Das Cottage sah für mich nicht nach Baustelle aus.«

»Unten sind wir fast fertig, aber in der oberen Etage muss noch viel getan werden. Wenn er das Manuskript abgegeben hat, machen wir weiter. Kommt, wir müssen los. Die warten sicher schon auf uns.«

»Ohne den Schokoladenkuchen fangen sie nicht an«, sagte Rory und öffnete den Kühlschrank.

»Sieht der großartig aus!« Evie war beeindruckt von der Torte, die wie ein mit Schmetterlingen dekorierter Holzstamm aussah.

»Und er schmeckt sogar noch besser, als er aussieht. Warte, hier kommt noch einer.« Er reichte ihr eine zweite Platte. »Das ist Schwarzwälder Kirschtorte. Ein Rezept aus Deutschland. Davon musst du unbedingt probieren. Superlecker!«

»Man muss doch sowieso von allen Desserts kosten. Warum eigentlich?«

»Das hat irgendwas mit Jesus und den zwölf Aposteln zu tun.«

»Bist du abergläubisch?«

»Ich? Nein, aber sicher ist sicher.«

Als sie die Torten auf den Tisch gestellt hatten, kam Connor herein.

Anthony sah ihn verwundert an. »Warum hast du Suki und Gordon nicht mitgebracht?«

Connor warf ihr einen schnellen Blick zu. »Sie sind zufrieden in ihrem Korb.«

Evie war betroffen. »Du hast deine Hunde meinetwegen weggesperrt?«

»Sie sind nicht *weggesperrt*. Beim Essen dürfen sie sowieso nicht dabei sein, und nachdem Sinny letztes Jahr versucht hat, seinen Schokokuchen mit ihnen zu teilen, bleiben sie im Mudroom.«

Yael beugte sich interessiert über den Tisch: »Was ist ein *Mudroom*? Entschuldigt, ich bin furchtbar neugierig, aber das klingt nach einem gruseligen Verlies im Schlosskeller.«

David grinste. »Da haltet ihr sensationssüchtige Gäste gefangen, stimmt's?«

»So in der Art«, bestätigte Connor. »Nein, es ist einfach einer der Wirtschaftsräume, in dem man sich umziehen kann, wenn man aus dem Garten kommt oder die Hunde abbraust, wenn sie wie die Schlamm-Monster vom Spaziergang zurückkommen.«

»Möglichst, bevor sie sich im Haus schütteln«, fügte Anthony hinzu. »Das hat *der liebe Gordon* getan, als wir die Küche im Cottage gerade frisch gestrichen hatten und die Tür zum Mudroom noch ausgehängt war.«

Sie lachten gemeinsam über das Gesicht, das er dabei machte, und dann bat Duncan um Ruhe. »Und jetzt das Dessert! Denkt dran, von allen dreizehn Gerichten zu kosten, damit es ein glückliches neues Jahr wird.«

Zu Evies Erleichterung stellten sich die restlichen Nachspeisen als Knabberzeug, Nüsse und winziges Konfekt heraus, die in Schalen auf den Tisch gestellt wurden. Allerdings war ihr Magen später doch so voll, dass sie den Wunsch verspürte, sich irgendwo flach hinzulegen. Sie unterdrückte ein Gähnen.

»Es schmeckt alles so gut, dass am Ende nie genügend Platz übrig ist«, grunzte Anthony und fuhr sich über den Bauch.

Die Mädchen waren aufgestanden und spielten rund um den Tisch Fangen, David sah schrecklich müde aus.

»Es ist ein Wohlstandsproblem. Wir sollten froh sein, keine anderen Sorgen zu haben.«

»Lass gut sein, Connor. Heute ist Weihnachten«, mahnte Duncan mit einem schnellen Blick zu seiner Frau, als wollte er sich vergewissern, dass sie den kritischen Kommentar nicht gehört hatte. In diesem Augenblick wachte Sinny auf und begann zu weinen. Je mehr sein Vater versuchte, ihn zu trösten, desto stärker drehte er auf, und schließlich stand Duncan mit dem Kind im Arm abrupt auf. »Für uns wird es Zeit, ins Bett zu gehen«, rief er gegen das Gebrüll an.

Die Familie verabschiedete sich und David schloss sich mit Yael und Fleurie an. Die verbliebenen Brüder räumten gemeinsam mit Rory auf und brachten das restliche Geschirr in die Küche, während Lexi und Evie den Tisch fürs Frühstück eindeckten.

»Du machst das auch nicht zum ersten Mal«, sagte Lexi.

»Was? Einen Frühstückstisch decken?« Sie grinste.

»Haha!«

»Ja, okay. Ich habe während des Studiums in einem Café gearbeitet, aber ich war nicht besonders gut darin Mit Pflanzen habe ich eine bessere Hand als mit Menschen.«

»Wirklich? Das ist mir noch nicht aufgefallen.« Lexi senkte die Stimme. »Mindestens einen hast du schwer beeindruckt.« Sie sah zur Tür und fuhr zusammenhanglos fort: »Wer vor zehn frühstücken will, kommt in die Küche. Gute Nacht ihr beiden.«

»Nacht, Nacht!«, rief Anthony aus der Halle und dann waren sie allein.

Connor sah sie mit diesem schiefen Lächeln an, das ihn ein bisschen verlegen aussehen ließ und das sie so sehr an ihm mochte. Damit hatte er sicher schon reihenweise Herzen gebrochen. Er zeigte nach oben. »Es gibt hier keinen Mistelzweig. Was machen wir denn nun?«

Evie bemühte sich, ernst zu bleiben, und tat, als überlegte sie. »Ich weiß nicht, vielleicht funktioniert das Küssen auch ohne, sollen wir es probieren?«

KAPITEL SECHZEHN

Das Sonnenlicht tanzte ihr buchstäblich auf der Nase herum. Sie schob die Bettdecke beiseite und lief barfuß zum Fenster. Der Morgenhimmel war knallblau, und die Zweige der Bäume trugen kleine eisige Bärte, die glitzerten, als läge ein Netz aus Diamanten darüber.

Evie fühlte sich noch benommen vom gestrigen Abend, und was half da besser als ein Spaziergang bei schönstem Winterwetter? Sie brühte einen Tee auf, machte sich so schnell wie möglich fertig und trankt die Tasse aus. Mit Stiefeln und Daunenjacke unter dem Arm lief sie in den geliehenen Pantoffeln hinunter. Das Haus war noch ganz still. In der Küche duftete es aber schon nach Kaffee und Toast. Lexi war nicht zu sehen, und das kam ihr zupass. Sie wollte in Ruhe über den gestrigen Abend nachdenken.

Schnell zog sie sich an und schlang sich ihren flauschigen Schal um den Hals, bis nur noch die Nasenspitze zu sehen war. Die Nachrichten hatten von zweistelligen Minusgraden berichtet. Sie konnte sich nicht erinnern, eine solche Kälte schon mal in Großbritannien erlebt zu haben.

Eisige Luft empfing sie. Evie vergrub die Hände tief in den Taschen und war heilfroh, für ihre Arbeit im Freien ihre wärmsten Sachen eingepackt zu haben.

Obwohl die Sonne gerade erst aufgegangen war, hatte bereits jemand den gestern gefallenen Schnee geräumt, und auf dem Weg zum See entdeckte sie frische Pfotenabdrücke. Connor war also auch schon wach oder hatte zumindest die Hunde am Morgen rausgelassen.

Evie spazierte los. Die Ruhe, die sie umgab, wenn sie kurz stehen blieb, um Fotos zu machen, war einzigartig. Nur manchmal hörte sie das leise Geräusch, das der Schnee verursachte, wenn er aus einem Baum rieselte, oder das Rufen eines Vogels. Nicht einmal bei ihren Eltern auf dem Land war es so idyllisch wie in Bonny Bridge.

Ursprünglich hatte sie nur bis zum See gehen wollen, aber als sie merkte, wie gut ihr die Bewegung tat, marschierte sie weiter.

Ich habe mich in letzter Zeit wirklich zu wenig bewegt, dachte sie und nahm sich vor, nach ihrer Rückkehr einen Reitstall zu suchen und wieder regelmäßig zum Yoga zu gehen. Die Übungen zu Hause waren schön und gut, aber zu häufig fehlten ihr Zeit und Ruhe dafür, weil sich Mr Featherswallow angewöhnt hatte, ihr nachmittags immer noch einen Stapel eiliger Arbeit auf den Tisch zu legen, bevor er zum Golfen oder zu anderen Beschäftigungen verschwand, bei denen *man die besten Kontakte knüpfte*. Die Sekretärin hatte ihr allerdings verraten, dass sein *bester Kontakt* eine langbeinige Blondine war.

Kurz vor dem Cottage kehrte sie um. Wäre sie weitergegangen, hätte sie sich wie eine Stalkerin gefühlt. Gestern hatte sie noch lange wach gelegen und darüber nachgedacht, was die Küsse für sie und ihre Aufgabe in Torgorm Castle bedeuteten – und ob sie überhaupt etwas bedeuteten. Sie war hingerissen davon, aber was war mit Connor? Und wenn er sich ebenfalls verliebt haben sollte, wie würde es dann mit ihnen weitergehen?

Ihre Rückreise im neuen Jahr würde beinahe zwölf Stunden dauern, das war ziemlich lang für eine Wochenendbeziehung. Evie ermahnte sich, abzuwarten und die nächsten Tage zu genießen. Laut Wetterbericht sollte es so schnell nicht tauen, und allein die Aussicht darauf, mit Yael den Pferdestall zu besuchen reicht schon aus, um ihr gute Laune zu bereiten – ganz abgesehen davon, was sich zwischen ihr und Connor entwickeln würde.

Die Rufe eines Steinadlers rissen sie aus den Gedanken. Sie blieb stehen, legte den Kopf in den Nacken, um dem majestätischen Vogel zuzusehen, der über dem See kreiste. Womöglich hatte er es auf die Schneehühner abgesehen die sich, vielleicht auf der Suche nach einem offenen Wasserloch, auf die verschneite Eisfläche gewagt hatten. Sie wäre selbst gern über den See spaziert, aber gestern hatte Duncan die Kinder gewarnt, das Eis würde nicht tragen, und jemandem, der hier aufgewachsen war, konnte man da sicher vertrauen.

Als Evie weitergehen wollte, raste ein wildes Monster

auf sie zu. Erschrocken blieb sie stehen. Bis sie begriff, dass das mit weit aufgerissenem Maul und hängender Zunge herangaloppierende Tier einer der Setter sein musste, war es schon herangekommen. Das Biest hatte überhaupt keine Ähnlichkeit mit den verschmusten Hunden, und offensichtlich war es im Jagdmodus. Erfolgreich unterdrückte sie den Impuls zu schreien. Zum Davonlaufen war es sowieso zu spät. Der Hund hatte es aber gar nicht auf sie, sondern auf die Schneehühner abgesehen, die nun gackernd davonstoben.

»Stopp!«, rief sie, als ihr klar wurde, was geschehen würde. Doch natürlich hörte der Setter nicht auf sie, stürzte sich siegesgewiss auf das Federvieh und – versank im eisigen See.

Für eine Sekunde war sie starr vor Entsetzen. Dann zog sie das Smartphone hervor, riss sich den Handschuh herunter und tippte auf die Nummer, die ihr Conner gegeben hatte. Es klingelte und sie rief: »Geh schon dran!«

»Guten Morgen, Evie!« Es war ihm anzuhören, dass er sich über ihren Anruf freute.

»Dein Hund!«, keuchte sie. »Er ist in den See eingebrochen.«

»Wo bist du?«

Panisch sah sie sich um. »Hier steht eine gigantische Esche, und ich sehe Felsen.«

»Ich weiß, wo das ist. Geh nicht aufs Eis!«

»Bitte komm schnell!« Sie steckte das Handy ein und rannte zum Ufer.

Der Setter war etwa zehn Meter weit hinausgelaufen, bevor er eingebrochen war. Er kämpfte darum, festen Boden unter die Pfoten zu bekommen, aber immer wieder brach das Eis unter ihm. Sie wusste, dass man es bei diesen Temperaturen nicht lange im Wasser aushielt, ohne eine lebensbedrohliche Unterkühlung zu erleiden. Das galt auch für Tiere. Jede Sekunde zählte. Einem Menschen hätte sie einen Ast oder sogar ihren Schal zuwerfen können, um ihn herauszuziehen, ohne selbst einzubrechen. Doch wie rettete man einen Vierbeiner? Vor allem einen, der eben noch wie der Albtraum einer jeden Person ausgesehen hatte, die sich vor Hunden fürchtete?

Egal, dachte sie. Er wird mich schon nicht beißen. Bis Connor kam, konnte es zu spät sein. Beherzt zog sie ihre Jacke aus, wickelte den Schal ab und ging am Ufer auf die Knie, um sich vorsichtig über die verschneite Eisfläche zu robben. »Komm, lieber Hund. Ich hole dich hier raus!« Sie versuchte, ihre Panik zu unterdrücken und vertrauenserweckend zu klingen. Der Hund schien sie verstanden zu haben, aber leider strampelte er noch mehr, um sie zu erreichen, und brach erneut ein.

Nach dem dritten vergeblichen Versuch musste sie einsehen, dass es so nicht funktionierte. Der Hund würde sterben, wenn sie jetzt nicht alles auf eine Karte setze. Evie schob sich ein Stück zurück ans Ufer, richtete sich auf und lief zu ihm. Nach wenigen Schritten knackte das Eis unter ihren Füßen. Kurz bevor sie ihn erreicht hatte, brach sie ein und versank bis zur Hüfte. Die Kälte wirkte wie ein Schock. Ihr war klar, dass es nicht lange dauern würde, bis der Schmerz kam, während sie versuchte, zum Hund zu waten.

Genau in diesem Augenblick gelang es dem Tier, sich auf die Eisfläche zu schieben. Gemeinsam retteten sie sich klatschnass ans Ufer. Sie erkannte am Halsband, dass es Suki war, die zitternd neben ihr stand. Ohne nachzudenken, wickelte sie die Hündin in ihre trockene Daunenjacke und legte sich selbst den Schal um, den sie im Schnee zurückgelassen hatte.

»Evie!« Der zweite Hund kam angelaufen, dicht gefolgt von Connor. »Wie geht es dir?«

»Ich bin okay. Du musst dich um Suki kümmern.«

Er zog sich die Jacke aus und warf sie ihr zu, dann hob er behutsam die Hündin in seine Arme. »Wir bringen sie zu mir.«

»Natürlich!« Sie war sich nicht sicher, ob sie in den nassen Stiefeln laufen konnte, ihre Beine fühlten sich merkwürdig an. Doch sie schafften es in Rekordzeit zum Cottage. Suki weinte und wollte Connor das Gesicht lecken. Gordon stand ratlos daneben.

Evie versuchte, sich die Stiefel aufzuschnüren, aber ihre Finger waren steif vor Kälte. Um die Füße bildete sich eine schnell größer werdende Pfütze.

»Du bist ja klatschnass!« Connor sah sie entsetzt an. »Du musst dich sofort ausziehen!«

Ein Zittern lief durch ihren Körper, und heiße Tränen rannen ihr übers Gesicht. Der Schreck ließ allmählich nach, und erst jetzt spürte sie die volle Wucht der Kälte. Noch nie zuvor hatte sie Schüttelfrost gehabt, es fühlte sich schrecklich an. Sie schlang die Arme um ihren zitternden Körper, wie um Halt zu finden und sich zu wärmen.

»Warte, ich mache das!«

Behutsam zog er ihr die Schuhe aus und half dabei, den Pulli über den Kopf zu ziehen. Schließlich stand sie in Unterwäsche vor ihm, und Connor trocknete sie sanft mit einem großen Handtuch ab. Es war ihr egal, dass er die normalerweise vermutlich für seine Hunde verwendete.

Als Suki leise winselte, sah sie ihm an, dass er hin- und hergerissen war zwischen dem Wunsch, seinem Tier und ihr zu helfen.

»Gibt es hier ein Bad?«, fragte sie ermattet.

»Die Treppe hinauf. Handtücher und so sind links im Wandschrank.«

»Kümmere du dich um den Hund. Ich komme zurecht.« Ihre Sachen ließ sie einfach auf einem Haufen liegen. Oben fand sie den Schrank sofort und atmete erleichtert auf, als sie die Tür zum Bad hinter sich schloss.

Das lauwarme Wasser aus der Dusche fühlte sich auf ihrem Körper an wie eine Armada heißer Nadeln. Doch allmählich kehrte Leben in die Gliedmaßen zurück, und sie atmete erleichtert auf, griff nach einem flauschigen Handtuch und trocknete sich behutsam ab. Die Haut schien zu glühen, fasste sich aber immer noch eiskalt an. Als sie später in einen viel zu großen Bademantel gehüllt die Treppe hinunterging, musste sie sich am Geländer festhalten, weil ihr auf einmal schwindelig wurde.

Unten hatte Connor Decken zusammengetragen und

breitete eine auf dem Sofa aus. Suki lag bereits in einem plüschigen Nest auf dem Sessel.

»Möchtest du dich hinlegen?«, fragte er besorgt.

Sie war schlapp und nahm die Einladung an. Connor zog ihr dicke Wollsocken an und wickelte die Füße in eine Decke. Eine zweite breitete er über ihr aus und legte obenauf noch eine Bettdecke.

»Ich habe die Ärztin angerufen. Sie sagt, solange dein Kreislauf stabil ist und du keine Erfrierungen hast, sind Wärme und Ruhe die besten Heilmittel. Sie versorgt einen Notfall, will aber am Nachmittag vorbeikommen.«

»Und Suki?«

»Der Tierarzt ist unterwegs.«

Der Wasserkessel pfiff, und sie sah zu, wie er in der Küche hantierte. »Was für einen Tee möchtest du? Ingwer vielleicht? Ich habe frischen da.«

»Das wäre schön«, sagte sie und dachte: *Hauptsache warm.*

Connor stellte die Teetasse auf den Tisch und reichte ihr eine Wärmflasche, die sie sich dankbar auf den Bauch legte. Eine Blasenentzündung hätte ihr gerade noch gefehlt.

Er bereitete sich ebenfalls einen Tee zu und setzte sich im Schneidersitz neben seinem Hund auf den Boden. Gordon robbte sich näher an sein Herrchen heran, bis er ihm den Kopf in den Schoß legen konnte, und Suki schaute ihm über die Schulter. Es war ein zauberhaftes Bild, und trotz allem musste sie bei dem Anblick der drei lächeln.

»Was ist denn überhaupt passiert?«

»Ich war spazieren, und plötzlich kam sie in einem Affenzahn angaloppiert.«

»O je, sie sehen wild aus, wenn sie so rennen.«

»Das kann man wohl sagen.« Sie dachte an den Schreck, den sie bekommen hatte. »Suki meinte nicht mich – es waren Schneehühner auf dem Eis. Ich habe noch gerufen, aber natürlich hat sie das nicht interessiert. Als sie einbrach, wusste ich nicht, wie ich ihr helfen sollte. Sie hat immer wieder versucht, zurück aufs Eis zu kommen, aber es nicht geschafft. Dann habe ich es eben riskiert.« Sie wischte sich mit dem Handrücken über die Augen. »Ich hatte vor dem Schnee an der Stelle so eine Art Strand gesehen und gehofft, dass es nicht tief sein würde.«

»Es war sehr umsichtig von dir, mich zuerst zu informieren.« Seine Stimme klang ganz rau. »Aber du hättest dich nicht in Gefahr begeben dürfen!«

»Was sollte ich denn machen? Ich konnte sie doch nicht im Stich lassen.«

Er griff nach ihrer Hand. »Ganz kalt«, sagte er bestürzt. »Ich bin dir unendlich dankbar.«

»Wird sie wieder in Ordnung kommen?«

»Das hoffe ich«, sagte er und stand auf. Es hatte an der Tür geläutet. Der Tierarzt war da. Sie hörte ihn im Flur sagen: »Du hast Glück, dass ich gerade bei den Millers in Bonny Bridge war. Meine Schwester sagt, deine Freundin ist auch eingebrochen?«

Connor schien etwas zu antworten, der Arzt lachte dröhnend. Sie hatte einen älteren Mann erwartet. Herein kam ein kräftig wirkender Typ, vielleicht Mitte dreißig, mit freundlichem Gesicht – soweit man das unter dem dichten Bart erkennen konnte.

»Guten Morgen, ich bin Alan MacLean, Connors Cousin. Meine Schwester, das ist die Ärztin hier, hat mich gebeten, nach Ihnen zu sehen. Sie wird es heute wahrscheinlich nicht schaffen, die Leute haben sich offenbar vorgenommen, alle am *Boxing Day* krank zu werden.«

»Hallo Mr MacLean, ich bin okay«, sagte sie zurückhaltend. »Vielleicht kümmern Sie sich erst mal um Suki?«

Er lachte dröhnend. »Keine Sorge, ich habe genug Humanmedizin studiert, um ihren Puls fühlen zu können. Wissen Sie, wie lange der Hund im Eiswasser war?«

»Das ist schwierig zu sagen. Vielleicht vier, fünf Minuten? Viel mehr aber nicht.«

Er wandte sich der Hündin zu, die sich aus ihrer Decke befreit hatte und kraftlos mit dem Schwanz wedelte. Der Arzt untersuchte sie gründlich und gab ihr zum Schluss eine Aufbau-Spritze.

»Du hast alles richtig gemacht«, wandte er sich an Connor. »Ein Tipp: Wärme die Hundedecke zwischendurch im Trockner an. Sie wird es überleben und gewiss auch die Kleinen behalten.« Er lächelte. »Mach dir keine Sorgen, dein Suki ist eine Kämpferin. Sie schafft das.« Damit wandte er sich an Evie. »Und Sie sind auch eine tapfere Frau. Lassen Sie mich ihren Puls fühlen?«

Sie sah, wie sich Connor zurückzog, und nickte. Dr. MacLean hörte auch noch ihr Herz ab und sagte dann: »Alles so weit in Ordnung. Wenn Sie sich warm halten und ausruhen, sind Sie zu Hogmanay wieder fit.«

»So lang?«

»Wahrscheinlich geht es schneller, aber Sie sollten sich wirklich schonen. Wenn Ihnen in den nächsten Stunden übel wird oder sehr schwindelig, ruft Connor meine Schwester an. Sie coacht ihn dann.«

Evie senkte die Stimme. »Ich habe öfter Blasenprobleme, gerade wenn ich mich verkühlt habe.«

»Charlotte Murray oder sonst irgendjemand in Bonny Bridge kann Ihnen heute sicher mit einem entsprechenden Tee aushelfen. Sonst bleiben Sie bei Ingwer und Kurkuma, das beugt auch Entzündungen vor. Und morgen soll Ihnen Connor etwas aus der Apotheke holen. Ich lasse Ihnen Teststäbchen hier, wenn was ist, melden Sie sich.«

»Das mache ich, danke sehr.«

»Alles Gute!« Er verabschiedete sich von Connor, die beiden redeten noch kurz im Flur, dann fiel die Haustür zu.

»Soll ich die Wärmflasche neu füllen?« Seine dunkle Stimme klang besorgt.

»Das wäre nett, danke.«

Als er damit zurückkehrte, sagte Connor: »Ich habe Charlotte angerufen. Sie schickt jemanden mit dem Tee, und alle lassen dich ganz herzlich grüßen.«

»Weißt du, dass du eine wunderbare Familie hast?«

»Meistens sind sie okay.« Er zeigte auf sein Notebook, das auf dem Tisch lag. »Würde es dir etwas ausmachen, wenn ich schreibe?«

»Nein, überhaupt nicht. Ich glaube, ich werde dem

Rat deiner medizinischen Verwandtschaft folgen. Connor?«, fragte sie nach einer Weile schlaftrunken.

»Mhm?«

»Es tut mir leid, dass ich jetzt hier so auf deinem Sofa herumliege.«

KAPITEL SIEBZEHN

Connor hatte wenig Hoffnung, auch nur einen vernünftigen Satz hinzubekommen. Die einzigen Geschöpfe, die er beim Schreiben in seiner Nähe ertrug, waren seine Hunde. Die beiden sorgten auch dafür, dass er zwischendurch Pausen einlegte und an der frischen Luft neue Energie tankte, weil sie ihn in regelmäßigen Abständen freundlich, aber nachdrücklich an ihre Bedürfnisse erinnerten. In Glasgow war eine Katze die Hüterin seiner seelischen Gesundheit gewesen. *Miss Murphy*, so nannte er sie nach seiner Grundschullehrerin, hatte sich dreist auf die Tastatur gelegt und ihn mit leuchtend grünen Augen starr angeblickt, bis er vom Schreibtisch aufgestanden und aus dem Apartment gegangen war. Bei ihr allerdings hatte er den Verdacht, dass sie zwischendurch einfach mal die Wohnung für sich haben und ihren menschlichen Untermieter loswerden wollte.

Gestern Abend hatte Connor beim Einschlafen an Evie

gedacht. Nicht an die Schlüsselszene, die heute auf dem Programm stand. Deshalb blickte er zuerst etwas ratlos auf den Bildschirm, dann wieder zu Evie und Suki, die beide eingeschlafen waren. Er musste die Geschichte aber weiterschreiben, denn die vier Wochen im Januar waren für die Überarbeitung gedacht, bevor er das Manuskript im Februar an den Verlag schickte.

Also meinetwegen, dachte er. *Dann eben nach der alternativen Methode.* Connor rief das zuletzt geschriebene Kapitel auf, las, korrigierte hier und da einen Satz, löschte und ergänzte und schrieb schließlich nahtlos weiter. Erst als ein Knurren in seinem Magen ihn daran erinnerte, dass er heute noch nicht gefrühstückt hatte, sah er auf die Uhr. Halb eins, und er hatte fünf Seiten geschrieben – oder Tausenddreihundertundsieben Wörter, wie ihm der Zähler in seinem Schreibprogramm verriet. Das war seine Minimum-Tagesleistung, und die Story hatte obendrein noch mal einen neuen Twist bekommen. Zufrieden klappte er das Notebook zu und stand leise auf, um Evie nicht zu stören, die mit einem Lächeln auf den Lippen dalag, als träumte sie von etwas Schönem.

Wenn sie aufwachte, würde sie ebenfalls hungrig sein, überlegte er und inspizierte den Kühlschrank. Morgen hatte er geplant, einkaufen zu fahren. Entsprechend mager sah es mit den Vorräten aus. Ein Paket mit Fenchel lag noch im Gemüsefach, drei kleine Zucchini und zwei Karotten. Sofort entstand ein leichtes Gericht vor seinem geistigen Auge. Nach dem gestrigen Abend der Völlerei sicher keine schlechte Idee.

Connor putzte das Gemüse und schnitt es klein,

schälte Kartoffeln, Knoblauch und Zwiebeln, würfelte sie fein und spülte eine Tasse roter Linsen ab.

Früher hätte er sich ein Fertiggericht aus dem Supermarkt aufgewärmt oder wäre essen gegangen. Dann aber hatte er in einem literarischen Workshop in der Toskana die erstaunliche Entdeckung gemacht, dass seine Arbeit und Kochen nach dem gleichen Prinzip funktionierten: Zuerst war da eine Idee, anschließend mussten die Zutaten organisiert werden (beim Schreiben war das die Recherche), es brauchte einen Plan und ein *Mis en Place*, wie Rory es nannte, also alle Bestandteile des Rezepts mussten griffbereit sein.

Er war beileibe kein begnadeter Koch, aber inzwischen liebte er es, nicht allzu komplizierte Gerichte zuzubereiten, und meistens gelangen sie ihm sogar. Diesmal ging er besonders sorgfältig vor und amüsierte sich über sich selbst, denn natürlich wollte er Evie zumindest ein wenig beeindrucken.

Fenchel- und Anissamen waren schnell in der Pfanne geröstet, danach gab er den halbierten Fenchel hinzu. In einem Keramiktopf erwärmte er Curry und weitere Gewürze, bis ein unwiderstehlicher Duft durch die Küche zog, und griff nach der Schale mit den Karottenscheiben. Ausgerechnet jetzt vibrierte sein Handy. Schnell zog er die Pfanne vom Feuer und zog sich in den Mudroom zurück, um Evie nicht zu wecken.

Davids Freundin war dran, um sich nach ihrem Befinden zu erkundigen. Nachdem er vom Arztbesuch erzählt hatte und dass sie nun schlief, sagte Yael: »Wir haben überlegt, ihre Sachen zusammenzupacken, und ich bringe sie rüber. Das Turmzimmer ist doch extrem abgelegen, und wenn sie Fieber kriegen sollte ... Was meinst du?«

Darauf war er gar nicht gekommen, denn sein Gästezimmer war noch unmöbliert. Aber Yael hatte recht, drüben in ihrem Zimmer im Castle wäre Evie allein. Ein beunruhigender Gedanke.

»Connor? Wenn das blöd ist ...«

»Nein, keineswegs. Ich möchte nur ungern über ihren Kopf hinweg entscheiden.«

Jetzt lachte Yael und sagte mit ihrem sympathischen französischen Akzent: »Ach Connor, wenn Evie dich satthat und ins Schloss zurückkehren will, kann sie es doch jederzeit tun. Charlotte hat das auch gesagt.«

»Also gut. Entschuldige, ich muss auflegen, ich haben Essen auf dem Herd.«

»Männer, die kochen können, sind nicht mit Gold aufzuwiegen«, sagte sie und legte auf.

Sein Hund Gordon war ihm gefolgt, und er nutzte die Gelegenheit, ihn hinaus in den Garten zu lassen. Anschließend trocknete er ihm die Pfoten, und sie kehrten in die Küche zurück.

Evie war aufgewacht. Sie saß, in die Decken gehüllt, auf dem Sofa und blinzelte ihn verschlafen an. Dabei unterdrückte sie ein Gähnen, und er dachte an ihre gestrige Begegnung in der Bibliothek und an den wunderbaren Kuss unterm Mistelzweig.

KAPITEL ACHTZEHN

Das Knarren einer Tür weckte sie. Connor rumorte im Nebenraum herum, seine Hündin schlief noch fest auf dem Sessel.

Sie setzte sich behutsam auf. Dabei wurde ihr erneut schwindelig, und sie blinzelte ein paar Mal, bis das Drehen in ihrem Kopf allmählich aufhörte.

»Es duftet köstlich. Was kochst du?«, fragte sie, als er mit Gordon an seiner Seite zurück in die Küche kam.

»Ein Resteessen. Meine Vorratskammer ist leider ziemlich leer. Ingwerkarotten, Zucchini mit Curry und gebratenen Fenchel. Ich hoffe, du isst so was überhaupt.«

»Unbedingt, es klingt verlockend!« Als sie zufällig an sich hinuntersah, fiel ihr ein, dass sie nichts unter dem geliehenen Bademantel trug. Hastig zog sie ihn über der Brust zusammen und machte Anstalten, aufzustehen.

»Kann ich dir irgendwas bringen?«, fragte er sofort.

Sie grinste verlegen. »Ich müsste …«

»Oh, entschuldige, natürlich.«

Langsam tappte sie zur Treppe. Er sollte nicht sehen, dass ihr schwindelig war. Oben angekommen erledigte sie, was erledigt werden musste. Danach sah sie nach der Unterwäsche, die sie verschämt in ein Handtuch eingeschlagen hatte, um sie dezent auf den beheizten Handtuchhalter zu legen. Slip und BH waren getrocknet, und außerdem hatte ihr Connor Kleidung rausgelegt - wie aufmerksam von ihm! Allerdings war alles viel zu groß. Das T-Shirt bedeckte die Knie, und seine Jogging-Hose musste sie aufkrempeln. Sie betrachtete sich im Spiegel und fand diesen Homeoffice-Look eigentlich ganz witzig. Anschließend zog sie seine grob gestrickte Jacke an. Sie fühlte sich Connor für einen winzigen Augenblick sehr nahe. Es war merkwürdig intim, seine Sachen zu tragen, aber kein bisschen unangenehm.

In der Wohnküche angekommen, schlüpfte sie schnell wieder unter die Decke. Suki war nun auch aufgewacht und genoss es sichtlich, höher sitzen zu dürfen als ihr Kumpel Gordon. Der stand wedelnd vor ihrem Sessel, die beiden beschnupperten sich. Es sah fast aus, als küssten sie einander.

»Deine Hunde sind wirklich knuffig. Wie geht es Suki?«

»Sie sagt nichts«, Connor grinste. »Soweit ganz passabel, schätze ich. Sie hat getrunken und ein bisschen Porridge gefressen.«

»Ist ja klar, dass schottische Setter die schottische Nationalspeise lieben.«

»Sie schon. Gordon rührt Haferbrei nicht an, dafür

liebt er Reis mit Hühnchen. Das ist das Gericht, was sie bekommen, wenn sie krank sind«, fügte er erklärend hinzu und zeigte auf den Esstisch. »Hier, oder möchtest du lieber auf dem Sofa bleiben?«

Eigentlich ja. Doch sie schälte sich wieder aus den Decken. »Ich komme rüber.« Zuerst füllte sie die Wärmflasche mit warmem Wasser auf, dann setzte sich Evie an den gedeckten Tisch, während er das Essen auftrug.

Das Gemüse schmeckte ausgezeichnet, aber viel brachte sie nicht hinunter. Stattdessen nippte sie am Tee, den er ihr aufgebrüht hatte.

»Es tut mir leid, ich habe vor Weihnachten nicht eingekauft. Das wollte ich morgen erledigen.«

»Du konntest ja nicht damit rechnen, jemanden verpflegen zu müssen. Es schmeckt sehr gut, bestimmt bin ich noch von gestern satt.«

Connor legte sein Besteck zusammen und sah sie prüfend an. »Wie geht es dir wirklich? Du wirkst erschöpft.«

Wie aufmerksam von ihm, dachte Evie und gab zu, dass sie sich nicht besonders gut fühlte. »Seltsam. Es ist ja nicht so, als hätte die Gefahr bestanden, dass ich ertrinke.«

»Du hattest so was wie einen Schock. Außerdem bist du nach der Rettungsaktion zu lange durch die Kälte gelaufen. Ich hätte mit dem Auto kommen sollen, aber ich wusste ja nicht …« Er runzelte die Stirn. »Egal. Du ruhst dich besser aus …« In diesem Augenblick klingelte es an der Tür. »Das wird Yael sein.«

Die Französin brachte kalte Winterluft ins Haus.

Gordon rannte ihr entgegen und wollte gestreichelt werden. Connor ließ ihn nur kurz gewähren, bevor er ihn auf seinen Platz schickte.

»Hallo Evie, du machst ja was! Wie geht es dir?«

»Ich bin ausgeschlafen und habe ausgezeichnet gegessen. Mir fehlt es an nichts.«

»Du schwindelst, meine Liebe! Hier bringe ich dir deine Sachen. Ich möchte wetten, das eine oder andere kannst du gebrauchen.« Sie warf einen vielsagenden Blick auf ihre übergroße Strickjacke.

»Kann ich dir etwas anbieten?«, fragte Connor.

»Danke, nein. Ich muss gleich wieder zurück. Fleurie darf heute reiten.«

»Sie war doch schon oft hier, ist das eine neue Leidenschaft?«, fragte er.

»Überhaupt nicht. Sie ist schon ewig ganz verrückt danach, sagt David. Aber er ist ein Helikopter-Vater, fürchte ich.« Yael fügte zufrieden hinzu: »Das ändert sich gerade.«

»Ich lasse die Hunde mal vor die Tür.« Connor räumte den Tisch ab und zog sich zurück.

»Himmel, ich liebe diese *britishness*.« Yael seufzte.

»Was meinst du?«

»Na, er weiß, dass wir etwas zu bereden haben, und zieht sich mit einer plausiblen Entschuldigung zurück«, sagte Yael und erkundigte sich nach dem genauen Hergang des Unglücks.

Evie fasste das Geschehen am See in wenigen Sätzen zusammen.

»Und das, obwohl du Angst vor Hunden hast?«

»Als ich klein war, hat mich einer gebissen. Als Suki so gekämpft hat, um sich in Sicherheit zu bringen, konnte ich aber nicht tatenlos zusehen.«

»Ich finde es mutig von dir!« Sie schob ihr eine Schachtel mit französischer Aufschrift über den Tisch. »Dieser Tee hilft übrigens ausgezeichnet.«

»Woher …?«

»Der Tierarzt hat Charlotte angerufen. Warum auch immer du die Blasenerkältung mit einem Vet besprochen hast.« Sie kicherte. »Sie hatte aber nichts da und hat mich gefragt.«

Evie musste ebenfalls lachen und erklärte ihr dann die verwandtschaftlichen und beruflichen Zusammenhänge der Gesundheitsversorgung in Bonny Bridge und Umland. »Ich hoffe, dass ich das Mittel nicht brauchen werde. Aber ich bin froh, dass du mir meine Sachen gebracht hast.« Sie erzählte, wie sie ihre nasse Unterwäsche getrocknet hatte.

Yael lachte. »Sehr schlau. Hör zu, ich muss los. Übrigens habe ich dir dein ganzes Zeug eingepackt. Vielleicht möchtest du ja bis Silvester hierbleiben.«

»Wie …?«

»Warum nicht? Ehrlich, wenn ich David nicht hätte, würde ich für eine Hälfte von Connors Bett jedes Turmzimmer im nettesten Schloss der Welt eintauschen.«

»Mir ist gerade nicht danach …«

»Das ist der Schock. Warte ab, so was kommt schnell zurück. Ihr habt euch doch geküsst, war das nichts?«

David hatte sie also verraten! Na klar war der Familie aufgefallen, wie aufmerksam Connor sie inzwischen behandelte. Unwillkürlich legte sie die Fingerspitzen an ihre Lippen und lächelte versonnen. »Er küsst traumhaft!«

»Na also. David sagt, er ließe eigentlich niemanden an sich ran und könne ziemlich schroff sein, wenn ihn jemand nervt. Das habe ich in den letzten Tagen nicht beobachtet, im Gegenteil.« Sie legte den Kopf schräg, als wäre ihr ein Gedanke gekommen. »Vor ein paar Jahren hätte er beinahe geheiratet, aber dann ging die Beziehung auseinander. Warum, wollte mir David nicht erzählen. Er glaubt, Connor wünscht sich eine Familie. Das solltest du besser wissen, bevor du eine Entscheidung triffst.«

Evie hatte gelesen, dass man ihn allgemein für einen eingefleischten Junggesellen hielt. Doch an weiblicher Begleitung fehlte es ihm sicher nicht. Die Fotos der letzten Filmpremiere fielen ihr ein, die sie gegoogelt hatte: Er im Kilt, ein bisschen verwegen mit düsterem Blick und an seiner Seite eine strahlende Blondine – ein attraktives Paar.

Als sie jünger war, hatte Evie ziemlich konkrete Zukunftspläne gehabt. Sie würde mit Ende zwanzig heiraten, oder auch ein bisschen später, Kinder haben, weiter als Gärtnerin tätig sein, vielleicht sogar eine eigene Gärtnerei eröffnen. Doch während der Berufsausbildung hatte sie erkannt, wo ihre Stärken lagen, und sie hatte das Studium begonnen. Erfolg im Beruf blieb wichtig, und das bedeutete, viel zu arbeiten, zu reisen und immer wieder längere Zeit von zu Hause fort zu sein. Das musste ein Partner mitmachen, doch so jemanden hatte sie bisher nicht gefunden. Hoffnung glomm in ihr auf.

»Ihr wollt mich mit ihm verkuppeln, stimmt's?«

Yael lachte. »Kann schon sein, dass Charlotte den Vorschlag nicht ganz ohne Hintergedanken gemacht hat, dich bei ihm einzuquartieren. Aber sie ist wirklich besorgt. So eine Unterkühlung darf man nicht auf die leichte Schulter nehmen. Ruf mich an, wenn es dir hier zu – eng wird. Wir retten dich.«

Am Nachmittag versuchte sie, mit ihren Planungen für den Garten voranzukommen. Connor schrieb, die Hunde lagen dicht an ihn gekuschelt auf dem flauschigen Teppich. Evie sah immer mal zu ihnen hinüber. Auf ihre Arbeit konnte sie sich nicht lange konzentrieren, und schließlich sah sie sich zwei schnulzige Weihnachtsfilme auf dem iPad an. Als sich zum Schluss Heldin und Held in die Arme fielen, seufzte sie. Was für eine romantische Geschichte!

»Ich bin ein schrecklicher Gastgeber.« Connor hatte womöglich schon eine Weile hinter ihr gestanden. Seine Stimme klang stark gedämpft, ihre Kopfhörer unterdrückten Geräusche von außen. Schnell nahm Sie die Stöpsel aus den Ohren. »Überhaupt nicht. Du hast zu arbeiten. Ich sollte gar nicht hier sein.«

Er setzte sich zu ihr. »Doch, ich finde, das solltest du. Nach einer Unterkühlung kann es immer zu ernsthaften Kreislaufproblemen kommen, sagt mein Cousin, und ich möchte mir lieber nicht vorstellen, wenn du dabei allein in deinem Turmzimmer drüben in Torgorm bist.«

»Aber ich störe dich beim Schreiben«, beharrte sie.

»Tust du nicht.« Er fuhr sich mit einer Hand durch die Haare und verstrubbelte sie unabsichtlich.

Evie fand es so unglaublich süß, dass sie ihn am liebsten geküsst hätte, und dann sagte er etwas vollkommen Überraschendes.

»Um ehrlich zu sein, ist genau das Gegenteil der Fall. Ich bin schon lange nicht mehr so gut vorangekommen wie heute.«

»Wirklich? Das ist toll.« Sie zögerte kurz. »Darf ich fragen, woran du schreibst? Ist es wieder etwas für die Serie?«

»Ach nein, so funktioniert es im Literaturgeschäft nicht, meistens hat alles eine lange Vorlaufzeit. Die Trilogie, auf der die Serie basiert, habe ich vor mehr als sechs Jahren veröffentlicht. Irgendwann ist jemand auf den Stoff aufmerksam geworden und hat die Filmrechte gekauft. Danach passierte eine ganze Weile gar nichts, und es sah so aus, als würde die Produktionsfirma die Finanzierung nicht hinbekommen. Das ist nicht ungewöhnlich. Schließlich hat es doch geklappt, dann wurden die Drehbücher geschrieben …«

»Die sind nicht von dir?«

Er schüttelte den Kopf. »Für eine so große Produktion braucht man ein Team exzellenter Profis. Ich sage es nicht gern, aber ich fürchte, ich hätte es nicht ertragen, meine Bücher dermaßen auseinandernehmen zu müssen, um sie filmgerecht wieder zusammenzusetzen. Ich habe nichts mit der Produktion zu tun, und ich glaube, die waren darüber auch nicht traurig. Weißt du, wenn ein Buch von mir erscheint, schreibe ich längst an einer anderen Geschichte.

Es tut jedes Mal weh, Abschied von seinen Figuren zu nehmen – nein, das stimmt nicht. Bei manchen bin ich auch ziemlich froh, wenn sie aus meinem Leben verschwinden.« Er lachte. »Das muss sich seltsam anhören, als würde ich über lebendige Menschen reden. Aber sie sind es für mich auch, und ich lebe eine verdammt lange Zeit mit ihnen. Wie Kinder entlasse ich sie dann eines Tages in die Welt und hoffe, ihnen alles mitgegeben zu haben, was sie für ihren Erfolg benötigen.«

»Das verstehe ich. Es ist beinahe wie bei Pflanzen in der Baumschule. Man hegt und pflegt sie, bis sie stark genug sind, an einem anderen Ort zu gedeihen und den Menschen Freude zu bringen.«

»Genau!« Er sah aus, als wollte er sie küssen. Aber dann hob er stattdessen die Hand und strich ihr über die Wange. »Es ist schön, dass du hier bist.«

Später fror Evie wieder, und ihre Stirn fühlte sich warm an. Connor bemerkte, dass es ihr nicht gut ging.

»Du solltest dich ins Bett legen, ich bringe deinen Koffer hinauf.«

Sie folgte ihm. Oben öffnete er eine Tür und blieb stehen. »Es ist neu bezogen. Ich hole nur rasch meine Sachen raus.«

»Wie meinst du das?«

Er sah sie verlegen an. »Außer dem Bad und meinem

Schlafzimmer ist hier oben noch nicht viel gemacht. Die restlichen Räume sind leer.«

Evie lugte an ihm vorbei. Das Zimmer war großzügig geschnitten, mit einem Tartanteppich ausgelegt und viel dunkler als die untere Etage, in der Weiß und Cremetöne dominierten. Auf einem antiken Sekretär sah sie aufgestapelte Bücher, und über dem Fußende des Kingsize-Betts lag eine Decke in den Farben der Murrays. Es wirkte sehr männlich, aber auch gemütlich.

Das Sofa war ihr gerade eben lang genug gewesen. Für ihn würde es bestimmt nicht angenehm werden, eine Nacht darauf zu verbringen. »Schlägst du nachts um dich?«

Verdutzt sah er sie an. »Nicht dass ich wüsste.«

»Dieses Bett ist so breit, dass man problemlos zu dritt darin schlafen könnte.«

Connors Mundwinkel zuckten, als amüsierte er sich, und auf einmal war sie sich nicht mehr so sicher, ob ihre Idee, das Bett mit ihm zu teilen, wirklich so gut war. Möglicherweise würde sie in seiner unmittelbaren Nähe kein Auge zutun. Ihr wurde klar, dass Charlotte davon gewusst haben musste, und Yael ebenfalls. Das also hatte sie mit der *Betthälfte* gemeint.

Connor zögerte, aber schließlich willigte er ein und ließ ihr Zeit, sich für die Nacht zurechtzumachen. Evie war schon fast eingeschlafen, als sie das Bettzeug neben sich rascheln hörte und ein Hauch von Seife und Zahnpasta zu ihr herüberwehte.

KAPITEL NEUNZEHN

Ihr Rücken war angenehm warm, auf dem linken Fuß lag etwas Schweres. Als Evie am nächsten Morgen aufwachte, wusste sie nicht, wo sie sich befand. Ein schmaler Streifen Sonnenlicht fiel lang auf die dunklen Holzdielen, aber nicht so lang, dass er den Läufer vor ihrem Bett erreichte. Vielleicht hatte er das eine Stunde zuvor getan, als die Sonne über die fernen Gipfel gestiegen war.

Sie lag in einem mollig warmen Bett, und der Gedanke, die Decke beiseitezuschlagen und dem Tag entgegenzutreten, hatte nichts Verlockendes an sich. Ein leises Schnaufen ließ sie lächeln. Connor hatte sich vielleicht nicht hundertprozentig an die Vereinbarung gehalten, dass jeder auf seiner Seite blieb, aber im Schlaf waren solche Dinge schwer zu kontrollieren, und außerdem fühlte sich diese unaufdringliche Nähe nach Geborgenheit an. Sie schloss die Augen und kuschelte sich wohlig in ihr Nest, als etwas zärtlich weich und fedrig ihren Hals berührt.

»Guten Morgen!« Evie drehte sich zu ihm um und – schrie gellend auf. Mit einem Satz sprang sie aus dem Bett. Der Setter namens Gordon hob kurz verwundert den Kopf, seufzte und steckte die Schnauze unter eine Pfote. Am Fußende lauschte Suki den Schritten, die sich schnell näherten.

»Was ist passiert?« Connor stürmte herein. »O nein! Gordon und Suki, raus da!« Äußerst widerwillig und mehr oder weniger im Zeitlupentempo gehorchten die Hunde, bis er einen strengen Befehl hinzufügte.

In diesem Augenblick bekam sie einen Lachanfall. Zuerst muss sie kichern, dann ließ sie sich lachend aufs Bett fallen. Nun konnte auch Connor nicht mehr an sich halten. Sie lachten beide, bis sie nach Luft japsten. Evie wurde von einem Schluckauf geschüttelt und hielt sich den Bauch, die Hunde guckten indigniert, und Connor eilte hinaus, um ihr ein Glas Wasser zu holen.

»Das war ja ein schöner Schreck«, sagte sie schließlich.

»Wenn ich dir jetzt sage, dass sie das noch nie gemacht haben, wirst du es mir wahrscheinlich nicht glauben.«

»Nein, absolut nicht.« Sie wischte sich eine Träne aus dem Augenwinkel. »Mein Pferd war auch so ein Kobold.«

»Du hattest ein Pferd im Bett?« Er grinste.

»Wir haben als Kinder manchmal im Stall geschlafen, und dann hat uns Helios morgens mit seiner weichen Schnauze geweckt.« Das Lächeln verging ihr, als sie an ihren geliebten Tinker-Schecken dachte, der im Sommer mit dreiundzwanzig Jahren an einer Kolik gestorben war.

Connor bemerkte ihren Stimmungsumschwung und sagte: »Wenn es dir besser geht, können wir zu den Ponys fahren. Falls du Lust dazu hast.«

»Das würde ich gern.« Sie erwiderte sein Lächeln und ging ins Bad.

Beim gemeinsamen Frühstück fragte er, ob sie ihn zum Einkaufen bei Tesco's begleiten wollte. Evie dachte an den letzten Tropfen Duschgel, den sie vorhin aus der Tube gequetscht hatte, und stimmte zu.

Zuerst brachten sie die Hunde ins Schloss. Suki hatte sich zwar ebenfalls erholt, aber Connor wollte sie noch nicht allein lassen. Die kleine Stadt, in die sie anschließend fuhren, hatte etwa dreitausend Einwohner, erzählte er ihr unterwegs. Im Supermarkt teilten sie sich auf, weil er von Charlotte noch eine Liste bekommen hatte, und am Ende verließen sie den Laden mit zwei vollen Einkaufswagen.

»Hast du Lust auf Pizza?«, fragte er, als sie alles verstaut hatten.

»Das klingt nach einem Plan. Aber was ist mit den Tiefkühlsachen?«

Connor sah aufs Handy. »Wir haben unglaubliche Minus dreizehn Grad. Ich schätze, wenn wir das Auto nicht gerade in die Sonne stellen, wird es gefroren bleiben.«

Das Restaurant war eine Überraschung für Evie. Es

war gut besucht, hauptsächlich von jungen Leuten, und die Einrichtung sah lässig und gleichzeitig erkennbar schottisch aus. Ihre Pizza stand dem neapolitanischen Original in nichts nach.

»Die Küche in Schottland hat sich wirklich verändert«, sagte sie überrascht.

»Wann warst du das letzte Mal hier?«

»Als Teenager. Mit fünfzehn oder sechzehn, da waren hier frittierte Schokoriegel das kulinarische Highlight. Meine Eltern fanden, ich sollte meine Wurzeln kennenlernen. Aber ehrlich gesagt war mir das damals alles schrecklich peinlich. Du weißt ja, wie man im Süden über uns denkt, und dann noch eine Schwarze Schottin?«

»Ich will nicht vorgeben, auch nur den Hauch einer Ahnung zu haben, wie es für dich gewesen sein muss. Immer noch ist. Ich bin auf so vielen Ebenen privilegiert, dass ich mich manchmal fragen, warum die Leute meine Geschichten überhaupt lesen. Andere Autor:innen haben doch viel Aufregenderes zu erzählen.«

»Weil du die Menschen mit deiner einfühlsamen Art zu erzählen erreichst«, sagte sie spontan. »Ich habe von der Serie gehört, sie aber nie gesehen. Wäre meine Freundin nicht so ein großer Fan, hätte ich neulich in Edinburgh nicht gewusst, wer du bist. Mairie hat mir ein Buch von dir geliehen – es ist übrigens auch signiert, und ich musste hoch und heilig versprechen, dass ich es ihr zurückgebe.« Sie trank einen Schluck Wasser. »Ich arbeite meist lange, und zum Lesen bin ich oft zu müde, aber auf der Zugfahrt hat mich deine Geschichte so in ihren Bann gezogen, dass ich beinahe die Station zum Aussteigen verpasst hätte.«

Er griff nach ihrer Hand und drückte sie. »Das ist eines der schönsten Komplimente, die ich je bekommen habe.«

»Und da habe ich dich noch für ein arrogantes ...« Sie unterbrach sich. »Unsere erste Begegnung war ein bisschen holprig, möchte ich sagen.«

»Die zweite auch, fürchte ich.« Connor ließ ihre Hand nicht los, und es fühlte sich gut an.

Sie erkundigte sich nach der Geschichte des Castles, und er erzählte: »Die Murrays aus Torgorm gehören zu den Glücklichen. Wir durften nach Culloden unser Land behalten, und als im neunzehnten Jahrhundert Prinz Albert, der Mann von Queen Victoria, Balmoral erwarb und umbauen ließ, war *Scottishness* wieder salonfähig. Meine Vorfahren haben sich redlich bemüht, das Erbe zu erhalten, aber der Unterhalt kostet viel Geld, und das Estate bringt kaum etwas ein. Zumindest, wenn man die Natur nicht ausbeuten will.«

»Anthony sagt, ihr baut verlassene Cottages zu luxuriösen Ferienhäusern aus.«

»Genau. Er würde am liebsten eine ganze Siedlung erstellen, doch die Leute kommen wegen der Abgeschiedenheit hierher. Also muss man die Lodges über das Land verteilen, das ist nicht so einfach, wenn man die Natur schonen möchte.« Er lachte kurz auf. »Wenn ich ehrlich bin, habe ich keine Lust auf Touristen, die durch unberührte Landschaften latschen und dabei genau diese Unberührtheit zerstören, über die sie der Welt stolz berichten. Aber meine Brüder denken, sie haben das im Griff, und reden von sanftem Tourismus. Ich hoffe, sie behalten recht damit. Aber wir haben ja sowieso keine Wahl, die Leute aus dem Dorf brauchen Jobs, und wir brauchen Geld, um das alles zu erhalten. Es wäre niemandem geholfen, wenn wir an irgendeinen Millionär verkauften, der hier seinen privaten Vergnügen nachginge.«

»Einige schützen die Natur und forsten sogar die Wälder wieder auf«, gab sie zu bedenken.

»Das stimmt, aber wenn schon so viel Land in Privatbesitz ist, dann fühle ich mich wohler, wenn es schottisch bleibt und der Bevölkerung zugänglich. Im Notfall würde ich lieber alles dem National Trust geben. Denk doch nur mal an den Golfplatz von Trump. Der hat der Gemeinde Jobs und Infrastruktur versprochen, und dass er die Natur schützen würde. Nichts davon ist geschehen, soweit man weiß.«

Als sie ihm beipflichten wollte, kam der Kellner, um zu kassieren. »Im Winter schließen wir nachmittags«, sagte er entschuldigend.

Während der Rückfahrt sprachen sie wenig. Evie freute sich an der verschneiten Landschaft, und Connor wies gelegentlich auf touristische Besonderheiten hin. Die Nachrichten verkündeten, dass die Bahnlinie ab morgen wieder frei sein würde.

»Du bleibst doch trotzdem noch zu Silvester?« Sie hatten Bonny Bridge erreicht, und Connor rollte langsam durchs Dorf. Ihr kam es vor, als hätten sie die Realität verlassen, um in eine Zauberwelt einzutauchen. Als ihr bewusst wurden, dass er auf ihre Antwort wartete, sagte sie: »Natürlich! Wenn ich darf. Die Gelegenheit würde ich mir ungern entgehen lassen, unter Schotten das legendäre Hogmanay zu feiern.«

»Du bist doch selbst Schottin.«

»Das stimmt. Und irgendwie auch nicht, ich weiß nicht so genau, wohin ich gehöre, und manchmal fühle ich mich wie eine Butterblume im perfekten Rasen.«

Connor entgegnete nichts, bis sie Torgorm Castle erreicht hatten. Vor dem Kücheneingang hielt er den Wagen an, drehte sich zu ihr und sah sie schweigend an, bevor er sagte: »Ich mag Butterblumen. Sehr sogar.«

KAPITEL ZWANZIG

Lexi half ihnen, die Einkäufe hineinzutragen. In der Küche duftete es verführerisch nach Kuchen und Charlotte, die Scones buk, lud sie zum Tee ein.

Die Mädchen machten nur kurz Halt, um sich die Taschen mit Keksen vollzustopfen, und der kleine Sinny lief ihnen nach. Duncan musste wieder arbeiten und Anthony war irgendwo auf dem Estate unterwegs, aber Yael und David gesellten sich zu ihnen. Sie erzählten so lebhaft von dem Ort Sainte-Émilie-de-Vauclain mitten in der Provence, in dem sie sich niedergelassen hatten, dass Evie spontan sagte: »Ich glaube, ich weiß, wo ich den nächsten Urlaub verbringen möchte!«

Yael sagte sofort: »Wir haben eine Ferienwohnung, und im Château ist es paradiesisch. Es gibt Rosengärten und einen Olivenhain mit uralten Bäumen; außerdem einen großen Pool, und die Köchin ist erstklassig!«

»Wir fahren in den Sommerferien für vier Wochen

nach Sainte-Émilie.« Charlotte lächelte ihren Bruder an. »Ich bin so gespannt, wie die Wohnung dann aussieht.«

»Falls sie jemals fertig wird«, entgegnete er düster.

Yael erzählte, dass sie mit einer Innenarchitektin befreundet seien. »Ihr Mann ist Architekt, er ist aus Kanada in die Provence gezogen. Der Liebe wegen. Ist das nicht romantisch?«

»Du doch auch.« David legte ihr zärtlich einen Arm um die Taille. »Und deine Schwester.«

Evie musste lachen. »Das scheint ja eine günstige Gegend für Leute zu sein, die auf der Suche nach ihrer großen Liebe sind.«

»Und wer wäre das nicht?«, brummte Connor. Es kam ihr vor, als behage ihm das Thema nicht.

Charlotte sah ihn scharf an: »Wohin führt dich deine nächste Recherchereise, mein Lieber?«

»In die Provence jedenfalls nicht, wenn es nach dem Verlag geht«, sagte er mit einem entschuldigenden Blick zu David und Yael – und dann sah er sie direkt an. »Aber ich suche auch nicht.«

Kurz darauf kehrten sie ins Cottage zurück. Evie wusste nicht, was sie von dem Gespräch halten sollte. Sie fühlte sich verunsichert. Connor war zu höflich, um sie vor die Tür zu setzen, und vorhin hatte sie gedacht, es läge ihm etwas daran, dass sie bliebe, aber jetzt erschien es ihr als Wunschdenken.

Während er mit den Hunden hinausging, räumte sie die Einkäufe weg und ging anschließend nach oben, um ihren Koffer zu packen. Sie war wieder in Ordnung, es gab keinen Grund, hierzubleiben. Außer einem. Aber er suchte nicht nach Liebe, das hatte er klar gesagt und sie dabei angesehen. Evie jedoch war klar geworden, dass sie sich nicht auf eine kurze Affäre einlassen wollte, denn sie war dabei, sich ernsthaft zu verlieben. Und dennoch ... Sie legte die Fingerspitzen auf die Lippen und erinnerte sich an seine Küsse.

Mistelzweig-Küsse haben nichts zu bedeuten, ermahnte sie sich dann aber, schloss den Reißverschluss des Koffers und ging damit hinunter.

Yael hatte gesagt, sie brauchte nur anzurufen, wenn sie abgeholt werden wollte. Aber der Anstand gebot es abzuwarten, bis er vom Spaziergang zurückgekehrt war. Um die Zeit zu überbrücken, brühte sie Kaffee auf und setzt sich mit ihrem Tablet an den Küchentisch.

Es dauerte nicht lange, da hörte sie seine Stimme im Mudroom. Beruhigend redete auf Suki ein, die sich offenbar nicht gern die Pfoten abtrocknen ließ. Ein Flattern breitete sich in ihrem Bauch aus, doch das hatte nichts mit den zärtlichen Gefühlen für Connor zu tun. Nicht zu bleiben war die richtige Entscheidung, aber es ihm zu sagen, war ihr merkwürdigerweise dennoch unangenehm. Schließlich ging die Tür auf, die Hunde trabten zu ihr, schnüffelten kurz an ihrer Hand und warfen sich danach auf das Hundekissen unter dem Tisch.

»Es duftet nach Kaffee!«

Sein Lächeln ließ ihre Knie weich werden. Es hätte so schön sein können.

»Ich wasche mir nur schnell die Hände.« Er ging

hinaus, war aber sofort zurück. »Warum steht dein Koffer im Flur?«

»Ich bin wieder gesund und du …«, *suchst nicht nach Liebe. Jedenfalls bin ich nicht diejenigen, die du lieben kannst,* dachte sie, aber sagte: »Du brauchst Ruhe zum Arbeiten.« In ihrem Hals bildete sich ein Kloß, sie konnte nicht weitersprechen.

KAPITEL EINUNDZWANZIG

Während er mit den Hunden durch den Schnee ging, dachte Connor über die vergangenen Tage nach. Seine letzte Beziehung lag einige Jahre zurück. Christin und er hatten sogar schon übers Heiraten gesprochen, aber am Ende waren sie im Streit auseinandergegangen, und er trug sicher auch Schuld daran, dass es nicht funktioniert hatte. Mit einem Schriftsteller zusammenzuleben, verlangte viel Einfühlungsvermögen – sein Bruder Duncan nannte es Leidensfähigkeit. Vielleicht war es aber einfach nicht die brillanteste Idee gewesen, eine Affäre mit der Programmchefin zu beginnen und bald darauf ihrem Verlag den Rücken zu kehren. Damals aber hatte er sich verliebt in diese intelligente und lebensbejahende Schönheit. Wäre er zu jener Zeit noch erfolglos gewesen, hätte der Verlagswechsel sicher nicht so eine Welle gegeben – andererseits hätte sich Christin wahrscheinlich gar nicht mit ihm eingelassen.

Danach war er vorsichtiger geworden und gönnte sich höchstens eine flüchtige Affäre, meist auf Lesereisen oder an anderen Orten, an denen er nicht lange blieb, aber niemals mehr mit jemandem aus der Buchbranche, die viel kleiner war, als man gemeinhin annahm. Verliebt hatte er sich seither nicht mehr.

Irgendwann kam er zu dem Schluss, dass es eben so sein sollte. Nicht jeder Mann fand die Liebe seines Lebens und auch nicht jede Frau. Mit Evie war es zunächst nicht anders als sonst. Er hätte schon in Edinburgh mit ihr geflirtet und versucht, sie ins Bett zu kriegen, wäre sie ihm nicht ausgerecht zehn Minuten vor der Lesung begegnet, als er versucht hatte, das Programm ein letztes Mal in Gedanken durchzugehen und sich zu sammeln.

Das habe ich gehörig vermasselt. Connor lachte leise. Das Schicksal hatte ein Einsehen gehabt, ihm eine zweite Chance gegönnt und damit möglicherweise mehr geschenkt als nur ein bisschen Sex. Diesmal würde er mit Verstand agieren, obwohl ihm das Denken in ihrer Nähe schwerfiel. Diese Locken, ihre seidenweiche Haut, die er zu gern berühren würde, und der sinnliche Mund waren ungemein reizvoll. Letzte Nacht hatte er neben ihr kein Auge zugetan. Doch wie sehr er sich auch nach ihr sehnte, sie war erschöpft, würde womöglich sogar krank werden, weil sie Suki gerettet hatte. Und das, obwohl ihr so große, dunkle Hunde nicht geheuer waren. Seine beiden Setter schienen das zu spüren und benahmen sich vorbildlich.

Wie anziehend er sie aber auch finden mochte, Evies innere Schönheit übertraf ihre äußere sogar noch, auch wenn ihm das kaum möglich erschien, sobald er sie ansah. Und dieses innere Leuchten war es, das sein Herz auf eine Weise berührte, die ihn hilflos machte und verunsicherte. Er hatte geglaubt, dass sie auch etwas für ihn empfinden würde – und dann war er beinahe über ihren Trolley gestolpert.

»Warum steht dein Koffer im Flur?«

Das wäre diplomatischer gegangen. Evie sah ihn mit großen Augen an. Sie antwortete etwas, aber er konnte nicht vernünftig denken.

»Habe ich irgendetwas Falsches gesagt – oder getan?«, fragte er und merkte selbst, wie verzweifelt das klang.

»Überhaupt nicht …« Sie stand auf.

»Warum verlässt du mich dann?« Gleich darauf hätte er sich am liebsten die Zunge abgebissen. Das hier war keine Beziehungskrise, er sprach nicht mit Christin. Sie hatten ja gar nichts miteinander – wenn man von den himmlischen Küssen absah und obwohl er jede Nacht von ihr träumte. Heute hatten sie einfach nur einen harmonischen Tag verbracht. Sicher, es war nichts Aufregendes passiert, aber Connor hatte jede Sekunde in ihrer Nähe genossen, und beim Tee in Torgorm war noch alles in Ordnung gewesen, bis sie über die Provence gesprochen hatten, wo es offenbar leichtfiel, sich zu verlieben. Was hatte sie noch gleich gesagt? *Ein guter Ort, wenn man auf der Suche nach der großen Liebe ist.* Und er hatte sie angesehen und gewusst, dass er die Liebe gefunden hatte. Die Liebe zu ihr. Seine Antwort war selten dämlich gewesen. Er hörte sich selbst so was sagen wie: *Ich suche nicht danach.*

»Evie, ich …« *Ach, verdammt. Nun sag es schon!*

Er griff sanft nach ihrer Hand und sah ihr tief in die Augen. »Ich suche nicht nach der Liebe, weil ich sie tief in mir trage. Evie, bitte geh nicht. Ich bin … Du würdest mir damit das Herz brechen, fürchte ich.«

So, jetzt war es raus. Ihm war egal, ob er sich mit seinem Geständnis verletzlich machte. Er liebte Evie und das sollte sie auch wissen. Voller Verwunderung beobachtete er die Veränderung in ihrem Gesicht. Zuerst schien es, als wollte sie ihm nicht glauben, dann schlich sich ein glückliches Lächeln in ihre Mundwinkel und er wusste, dass er das Richtige gesagt hatte.

Evie strahlte das Glück aus, das er empfand. Sie legte ihm die Hände in den Nacken und tat, wonach er sich so sehr sehnte: Ihr Kuss war eine einzige zärtliche Hingabe.

Sein Herz flatterte vor Entzücken, und er zog sie zu sich heran, bis ihre Körper und ihre Seelen miteinander verschmolzen.

KAPITEL ZWEIUNDZWANZIG

Diesmal war es wirklich Connor, der sie am Morgen zärtlich weckte. Evie konnte es immer noch nicht glauben. Connor liebte sie, und das Wissen darum war ein Schatz, den sie glücklich in ihrem Herzen trug. Die Tage zwischen Weihnachten und Silvester waren zu der wahrscheinlich schönsten Zeit ihres Lebens geworden, dabei hatten sie gar nicht viel unternommen, nachdem das Wetter umgeschlagen war und dem Tal jegliche Farben geraubt zu haben schien. Connor musste schreiben, aber er kam voran, und Evie fühlte sich inspiriert. Sie hatte ihre Ideen für die Gestaltung des Schlossgartens in anschauliche Skizzen und Zeichnungen umgesetzt. Ihr Plan war, Altes wieder zum Leben zu erwecken, dabei aber Neues zuzulassen. Inzwischen wusste sie, dass Charlotte mit einer ungewöhnlichen Bildhauerin befreundet war, die Gartenskulpturen erstellte. Zwei davon hatte sie in ihre Entwürfe eingebunden und Raum für mehr vorgesehen. Sie freute sich darauf, die Künstlerin heute bei der Hogmanay-Feier kennenzulernen.

Dem Abend sah sie mit bittersüßen Gefühlen entgegen. Einerseits war da die Party drüben im Castle, auf die sie riesige Lust hatte, andererseits musste sie am nächsten Tag abreisen, denn Mr Featherswallow erwartete sie übermorgen im Büro. Er hatte sich sogar die Mühe gemacht, sie mit drei Textnachrichten daran zu erinnern. Doch noch war es nicht so weit, und sie nahm sich vor, bis dahin jede Sekunde zu genießen.

Evie drehte sich zu Connor um. »Guten Morgen, *mo leannan*, Liebster!«

Nach einem ausgiebigen Frühstück gingen sie spazieren, denn mittags war die Sonne herausgekommen, und das galt es zu nutzen, bevor sich die Dämmerung über das frostige Tal legte. Die Hunde sprangen durch den Schnee und jagten einander mit wehenden Ohren. Zwischendurch kamen sie immer wieder fröhlich zurückgelaufen und begleiteten sie ein Stück. Suki berührte sie dabei jedes Mal sanft mit der Schnauze, als wollte sie sagen: *Wir sind ganz lieb, sieh doch!*

Die beiden Setter freuten sich über das Leben und ihre Freiheit, ihre geschmeidigen Körper tanzten durch die Winterlandschaft, und Evie konnte gar nicht anders, als Connors vierbeinige Gefährten zu mögen.

Der See hatte die Form einer unregelmäßigen Sanduhr, er bestand aus zwei Teilen, wenn man so wollte, und an der schmalsten Stelle führte eine sehr alt aussehende Steinbrücke hinüber.

»Das ist die Bonny Bridge.« Connor umfasste ihre Taille und küsste sie.

Als sie wieder genügend Luft hatte, sagte Evie: »Ich wette, es gibt eine Geschichte dazu.«

»Natürlich. Wir sind in Schottland.« Er lachte. »Westlich von Loch Torgorm lebt …«, hier senkte er die Stimme, »das *Verborgene Volk*, musst du wissen. An warmen Sommerabenden sieht man sie manchmal auf der Brücke im Mondlicht tanzen, es sollen besonders anmutige Geschöpfe sein.«

»Aha, ich verstehe. Und weil man sie nicht beim Namen nennt, wurde dies die Brücke der Schönen. Aber wieso heißt das Dorf so?«

»Das ist Archibald Murray, dem fünften Lord Torgorm zu verdanken. Du kennst ihn, sein Bild hängt im Frühstücksraum. Er ist derjenige, der das Schloss in so«, hier räusperte er sich, »*einzigartiger* Weise neu erbaut hat.«

»Sag bloß, du findest es nicht schön?«, fragte sie belustigt.

»Ich bin kein Fan dieser verschnörkelten Dornröschen-Architektur und bin froh, dass mein Cottage offensichtlich nicht zum *jakobinischen Ensemble* gehört, wie das Torhaus und die Stallungen. Archibald jedenfalls fand, das Dorf müsse nach dem Wiederaufbau einen richtigen Namen haben. Bis dahin hieß es nämlich einfach nur *Am baile*, das ist Gälisch für Dorf. Der Name war ihm wohl zu profan, und er hat es kurzerhand umbenannt.«

Von Bonny Bridge wehte Läuten herüber, als hätte der

Ort auch noch etwas dazu zu sagen. Die Kirche wurde zwar nicht mehr genutzt, aber die Turmuhr schlug weiterhin zuverlässig zur vollen Stunde.

Sie machten kehrt und gingen zurück zum Cottage, um sich für die Silvester-Feier vorzubereiten.

Am Abend fuhren sie mit seinem Wagen zum Schloss. Vor der Auffahrt hielt Connor an, um zwei Fahrzeuge vorzulassen. Evie beobachtete, wie die SUVs das heute festlich beleuchtete Tor mit den beiden liegenden Hirschen passierten. »Wie viele Leute sind eigentlich eingeladen?«

»In der Regel kommen hundert bis hundertfünfzig Gäste.« Er fuhr an den parkenden Autos vorbei zum Kücheneingang.

»So viele?«

»Es werden immer mehr. Charlottes Büffet ist legendär.«

»Aber das bereitet doch nicht alles Lexi vor?«, fragte sie entsetzt.

»Um Himmels willen, nein. Sie hat irgendeinen Catering-Dienst aus Inverness engagiert, die stellen auch das Service- und Küchenpersonal. Lexi feiert natürlich mit uns.« Sie hielten in einer Reihe von Lieferwagen und zwei Wohnmobilen. »Würdest du kurz warten?« Er zeigte nach vorn. »Ich will das Tor schließen, sonst parken die lieben Verwandten nachher wieder auf der Terrasse, wie im letzten Jahr.«

»Im Ernst? Wie schrecklich. Ich wette, Charlotte hat einen Schreikrampf bekommen.«

Er lachte. »Sie war nahe dran.«

Evie blieb in der Wärme sitzen und beobachtete, wie er davoneilte. Ungeachtet der frostigen Temperaturen trug er einen grob gestrickten Pullover und keine Jacke. Sein Kilt schwang bei jedem Schritt. Connor wirkte dabei so kraftvoll und männlich, dass sie weiche Knie bekam, wenn sie ihn nur ansah. Mit Genugtuung hatte sie vorhin bemerkt, dass auch dieses Kleid, das sie in Edinburgh aus einer Laune heraus gekauft hatte, die Farben des Murray-Tartans aufnahm. Schwarzgrundig und mit winzigen blaugrünen Blümchen übersät, sah es mit blickdichten Strümpfen und ihren klobigen Lieblings-schnürstiefeln sehr mädchenhaft aus. Der nicht ganz knielange Rock war glockig geschnitten und schwang bei jedem Schritt mit. Obwohl sie es sich leisten konnte, die Beine zu zeigen, war sie unsicher gewesen, ob es für die Hogmanay-Party in einem Schloss passend sein würde. Doch Charlotte hatte sie beruhigt und ihr geraten, flache Schuhe zum Tanzen mitzunehmen. Die steckten in einem Beutel, den sie nun vom Rücksitz nahm, als Connor zu ihr zurückkehrte und die Tür für sie öffnete.

Allmählich gewöhnte sie sich an diese altmodische Höflichkeit, die ihr zuvor noch nie jemand erwiesen hatte. Früher hätte sie sich dagegen aufgelehnt, es war nicht notwendig, aber liebenswert.

Bevor sie aussteigen konnte, küsste er sie und sofort loderte die Leidenschaft in ihr auf, die seit ihrer ersten gemeinsamen Nacht ausnehmend nahe unter der Oberfläche lauerte.

»Noch könnten wir unbemerkt umkehren«, raunte er ihr zwischen zwei Küssen ins Ohr.

Lachend schob sie ihn von sich. »Führe mich nicht in Versuchung!«

»Na dann, *ma quine*. Wenn ich bitten darf, meine Liebe!« Mit einem charmanten Lächeln reichte er ihr die Hand zum Aussteigen.

In der Küche empfingen sie Wärme und eine lebhafte Geschäftigkeit. Bemüht, niemandem in die Quere zu kommen, folgte sie Connor in einen Nebenraum und von dort in einen schlichten Gang, den die Angestellten in früheren Zeiten genutzt hatten, um sich ungesehen im Haus zu bewegen. Durch ein schwach beleuchtetes Treppenhaus gelangten sie in den zweiten Stock.

Evie versuchte, ein Kichern zu unterdrücken. Es hatte etwas Heimliches, wie früher im Internat, wenn sie sich mit den Freundinnen nachts durch die Gänge geschlichen hatte. »Wohin bringst du mich?« Unwillkürlich hatte sie die Stimme zu einem Flüstern gesenkt.

»In mein Schlafzimmer.« Er gab ihr einen schnellen Kuss auf die Wange. »Leider nicht, um das zu tun, was du denkst!« Sein zufriedenes Lachen, als er hörte, wie sie nach Luft schnappte, ließ sie nicht unberührt.

»Wie bedauerlich, du weiß nicht, was dir entgeht.« Wie unbeabsichtigt berührte sie den Kilt.

»Oh, keine Sorge. Das entgeht mir nicht. Es ist nur aufgeschoben.« Er öffnete eine Tür und stieß beinahe jemandem um.

Der ältere Mann sprang beiseite und schnaufte empört. »Connor! Hast du mich erschreckt, du kannst doch nicht einfach so aus einer Tapetentür springen.« Blinzelnd betrachtete er sie beide, und ein unverschämtes Grinsen erschien auf seinem vollen Gesicht. »Willst du mir nicht deine zauberhafte Begleitung vorstellen? Oder sind Sie womöglich das viel gepriesene Schlossgespenst, Mylady?« Er sprach einen ausgeprägten schottischen Akzent, wie man ihn auf den äußeren Hebriden hörte.

»Darf ich vorstellen, mein Patenonkel Connor MacLeod. Onkel, das ist Evie Clark – meine Freundin.«

Ihr war das Zögern nicht entgangen, auch nicht der Stolz in seiner Stimme, als er es zum ersten Mal vor jemandem aussprach.

»Mr MacLeod, wie schön, Sie kennenzulernen«, sagte sie im Singsang der Highlands und hätte beinahe geknickst, als der Mann galant einen Handkuss andeutete.

»Dem Himmel sei Dank«, er lachte dröhnend. »Keine Sassenach. Ich habe schon geglaubt, längst kalt in meinem Grab zu liegen, wenn du endlich heiratest.«

»Was schreist du hier so rum, MacLeod? Hast du dein Hörgerät vergessen?« Eine Frau steckte ihren Kopf aus der Tür hinter ihm.

»Großtante Heather«, murmelte Connor neben ihr.

»Ach, Connor und seine neue Freundin!« Sie kam heraus und betrachtete Evie eingehend, die diese zweifelhafte Ehre selbstbewusst erwiderte. Die Großtante war eine sehr alte Lady im bodenlangen Kleid, über dem sie einen farbenfrohen Tartan drapiert trug.

»Ich habe geglaubt, du wärst schwul«, sagte sie schließlich zu Connor und reichte Evie eine runzlige Hand, an der zahlreiche Brillanten funkelten. »Willkommen in der Familie. Lassen Sie ihn nicht wieder gehen. Mein Connor schreibt verrückte Sachen, aber er ist ein guter Junge.« Damit stupste sie den MacLeod an. »Dich meine ich nicht, du bist ein Schlingel! Komm schon, halte die jungen Leute nicht auf.«

MacLeod verbeugte sich und reichte ihr den Arm. Über die Schulter rief er ihnen zu: »Wir sehen euch doch noch?« Mit einem anzüglichen Lachen begleitete er die alte Dame die Treppe hinunter, und sie hörten ihn sagen: *She's a bonnie lookin' quine.* Sie ist ein wirklich hübsches Mädel.«

»Schnell, bevor *noch* jemand auftaucht!« Connor nahm ihre Hand, und gemeinsam liefen sie den Gang entlang, bogen gefühlt dreimal ab und stürmten eine Treppe hinauf. Er öffnete eine Tür schob sie in den Raum und sagte zerknirscht: »Es tut mir leid! Genau das wollte ich vermeiden, aber jetzt hast du das Schlimmste hinter dir. Hoffe ich zumindest.«

»Das macht nichts. Meine erwachsenen Cousins und Cousinen arbeiten alle in Tech-Firmen oder an der Börse. Wenn die Familie hört, was du machst, werden sie sagen *typisch für Evie, sich jemanden zu suchen, der einer brotlosen Kunst anhängt.*« Sie zögerte kurz, dann fragte sie: »Wenn du eine Frau in deinem Elternhaus mit aufs Zimmer nimmst, dann ist sie wirklich deine Freundin, oder?«

Connor zog sie in seine Arme. »Wenn du mit einem Mann in sein Schlafzimmer gehst, was ist er dann für dich?«

In seiner Frage hatte etwas Ernstes, Dringliches mitgeschwungen. Deshalb schluckte sie die leichtfertige Antwort hinunter, die ihr auf der Zungenspitze gelegen hatte, und legte ihm eine Hand aufs Herz. »Dann ist er ein ganz besonderer Mensch – einer, den ich lieben kann.«

KAPITEL DREIUNDZWANZIG

Connor zog sich den Pullover über den Kopf und nahm eine Weste aus anthrazitfarbenem Tweed vom Bügel. »Meinetwegen müsste es nicht so traditionell zugehen. Aber Duncan legt Wert darauf, dass wir zu Familienfeierlichkeiten Kilt tragen, und Anthony hast du ja gesehen. Er hält sich für einen Highland-Krieger und läuft entsprechend herum.« Das sagte er mit so viel Wärme in der Stimme, dass ihr klar wurde, wie sehr er seine Brüder liebte.

»Ich finde Kilts äußerst kleidsam und …«, sie zwinkerte ihm zu, »manchmal ausgesprochen praktisch.«

»Och, wenn das so ist …« Er versuchte, nach ihr zu greifen, aber sie entwand sich ihm blitzschnell.

»Du hast versprochen, dass wir hier sind, wenn Duncan das Fest offiziell eröffnet.«

»Sind wir doch, und Zeugen gibt es auch dafür!« Er

streifte die Tweed-Jacke über und zog die Manschetten aus dem Ärmel hervor. »Wie sehe ich aus?«

»Verführerisch.« Sie rückte ihm die Krawatte zurecht und nutzte die Gelegenheit für einen schnellen Kuss. »Weshalb trägst du heute einen Sporran? Weihnachten hast du gesagt, diese *Känguru-Beutel* wären dir lästig.«

»Er verbirgt, was ich für dich empfinde, *lass*«, antwortete er in breitestem Scots und klopfte sich auf die mit Silber beschlagene Bauchtasche unter dem schweren Gürtel. »Komm, wir müssen uns beeilen, wenn meine Brüder mich nicht zum Schwertkampf fordern sollen.«

Unten in der Halle sah sie bereits viele Gäste. Eine Gruppe kam gerade an, sie wurden von Charlotte und Duncan begrüßt. Viele trugen Tartan. Die Herren als Kilt, die Damen als Rock oder, wie Großtante Heather, in Form einer Schärpe über der Schulter, eine hatte sich für ein kariertes Etuikleid entschieden. Aber unter den Jüngeren sah sie auch einige in Jeans oder bunten Kleidern, und Evie entspannte sich.

Bevor sie die letzte Treppe hinuntergingen, blieb Connor stehen und reichte ihr die Hand. »So viele Menschen machen mich nervös, wie du seit Edinburgh weißt. Ich könnte ein bisschen Unterstützung gebrauchen.«

Das war die charmanteste Art, ihr zu versprechen, an ihrer Seite zu sein, falls sich weitere Verwandte als so *robust* erwiesen wie die beiden, die sie bereits oben getroffen hatten.

»Gemeinsam sind wir unwiderstehlich!«, sagte sie mit einem Augenzwinkern.

Beschwingt gingen sie zusammen hinunter und landeten direkt bei Anthony. »Ich wollte euch gerade holen. Großtante Heather hat uns bereits informiert, dass ihr euch *über den Dienstboteneingang eingeschlichen* habt«, sagte er grinsend und deutete einen Handkuss an. »Unser *Clan-Chief* tigert da hinten nervös auf und ab, du bekommst *yer beluved* gleich zurück.«

Deinen Liebsten, hatte er gesagt. Es klang ein wenig altmodisch, aber auch sehr charmant, sie musste schmunzeln. Als sie den beiden Brüdern hinterhersah, spürte sie die neugierigen Blicke der Umstehenden. Unschlüssig, wohin sie sich wenden sollte, ging sie automatisch auf das Frühstückszimmer zu.

»*Hiya*, da bist du ja!« Lexi sah sensationell aus. Zu Evies großer Erleichterung trug sie sogar ein Kleid im gleichen Streublumen-Stil, wenn auch viel heller. »Komm«, sagte sie. »Wir sind dort drüben.«

Sie folgte ihr in einen Raum, den sie noch nicht kannte. Riesige Kronleuchter tauchten ihn in ein unwirkliches Licht. »Ist das der Ballsaal?«, fragte sie ehrfürchtig.

»Prachtvoll, oder? Aber die Lampen abzustauben, ist weniger spaßig.« Lexi lachte. »Wir leben hier in einem Museum.«

»Das habe ich auch gerade gedacht«, sagte Yael und schloss sie zur Begrüßung in die Arme. Kichernd fügte sie hinzu: »Wie witzig, wir haben alle drei fast die gleichen Schuhe an!«

»Ungeeignet zum Tanzen, aber falls man zwischendurch mal raus in den Schnee muss, sind sie genau richtig. Ich hoffe, ihr habt noch andere dabei?«

»Charlotte hat darauf bestanden, sie sind oben in Connors Zimmer«, sagte Evie und spürte, wie ihr die Hitze in die Wangen stieg, als beide Frauen sie mit einem wissenden Blick bedachten.

»Ich freue mich für euch«, sagte Yael, und Lexi grinste.

»Ich habe sofort gewusst, dass ihr zusammengehört.« Sie zeigte nach vorn. »Seht, der Chief will was sagen.«

Die Band spielte einen Tusch und Duncan ergriff das Mikrofon, an seiner Seite eine strahlende Charlotte mit ihren Töchtern, dahinter Connor und Anthony. »Liebe Freunde, liebe Familie, ich danke euch, dass ihr so zahlreich erschienen seid, um den Jahreswechsel mit uns zu begehen …« Er sprach über die vergangenen Jahre, die für sie alle nicht einfach gewesen waren, über Zukunftspläne und über Hoffnung. Evie war beeindruckt, obwohl sie ihren Blick kaum von Connor losreißen konnte. Für sie war er mit Abstand der attraktivste der drei Brüder.

Duncans launige Rede endete und Connor kam zu ihnen. »Ich verstehe nicht, warum er jedes Mal so aufgeregt ist.« Er legte ihr einen Arm um die Taille. »Das macht er doch großartig.«

Charlottes Bruder David stimmte ihm zu und Anthony, der sich zu ihnen gesellte, sagte: »Unser großer Bruder setzt sich selbst hohe Standards. Wenn er seiner

Meinung nach gerade mal mittelmäßig ist, würden sich andere schon für perfekt halten.«

»Du übertreibst.« Charlotte schüttelte den Kopf. »Duncan trägt die Verantwortung für Torgorm. Er macht es sich nicht leicht damit.«

»Deshalb unterstützen wir ihn ja«, sagte Connor verbindlich und wies dann zum Fenster. »Ich glaube, sie kommen!«

»Wer?«, fragte Evie und ließ sich von ihm zur Terrasse ziehen, von der aus man nicht nur den Garten überblickte, sondern jetzt im Winter auch einen Teil des Wegs hinunter zum Dorf.

»Sieh selbst!«

Die Laternen bewegen sich, dachte sie zuerst, doch dann erkannte sie, dass eine Fackelprozession zum Schloss heraufkam. Der Schnee in den Bäumen sorgte für ein geheimnisvolles Licht, es war beinahe wie im Märchen. »Das ist ja klasse!«

»Mich erinnert es an die Französische Revolution. Beim ersten Mal war ich zu Tode erschrocken, aber Duncan hat versprochen, die Dorfbevölkerung würde unser Haus so lange nicht anzünden, wie es hier ausreichend zu Essen und zu Trinken gäbe«, sagte Charlotte. »Kommt, lasst uns rausgehen. Wir wollen sie empfangen.«

Kalte Luft schlug ihnen entgegen, als Terrassentüren geöffnet wurden und einige der Gäste sich hinauswagten. Connor legte ihr ein warmes Plaid um die Schultern.

»Siehst du, ich sage doch, dass wir die richtigen Schuhe anhaben.« Lexi schob sich an ihnen vorbei und ergriff eine der Fackeln, die ein junger Mann ihr reichte. Auch Connor ließ sich eine geben, und dann standen die Murrays und ihre Hausgäste Spalier für die Gruppe von Männern, Frauen und Kindern, die heraufkam. Es gab ein großes Hallo. Lexi winkte ihren Cousin heran, Duncan begrüßte die neuen Gäste mit Handschlag und Kellnerinnen boten Quaichs mit Whisky an, wie es zur Tradition schottischer Gastfreundschaft gehörte.

Lange hielt sie es nicht in der kalten Luft aus, und so kehrten sie in den Ballsaal zurück, wo die Band traditionelle Lieder spielte, aber auch moderne Songs. Zwischendurch lief Evie nach oben, um ihre Stiefel gegen flache Schuhe auszutauschen. Als sie einen schnellen Blick in den Spiegel warf, erstarrte sie. Das Tuch, das ihr Duncan umgelegt hatte, verriet mehr, als Worte es hätten tun können. Es war in den Farben und dem Muster der Murrays gewebt. Deshalb also hatten einige der Gäste sie so auffällig angestarrt. Für Connor, so gut kannte sie ihn inzwischen, bedeutete es ein eindeutiges Bekenntnis und drückte den Wunsch aus, sie in seiner Familie willkommen zu heißen. Evie war sich sicher, dass er das nie ohne die Zustimmung seiner Geschwister getan hätte, und eine Welle voller Glücksgefühle durchströmte sie. Man konnte nie genau wissen, den Richtigen oder die Richtige gefunden zu haben, aber Connor begegnet zu sein, war das Beste, was ihr seit Langem passiert war.

Beseelt kehrte sie in den Ballsaal zurück und blieb in der Tür stehen, um die festliche Atmosphäre auf sich wirken zu lassen. Schließlich entdeckte sie ihn im Gespräch mit einem älteren Mann. Als hätte er ihren Blick gespürt, sah er auf. Das glückliche Strahlen in seinem Gesicht ließ ihr Herz schneller schlagen, und sie musste sich beherrschen, um nicht wie ein kleines Mädchen aufgeregt zu ihm zu rennen.

Er stellte ihr den Mann vor, auch ein Murray, aber sie konnte dem Gespräch kaum folgen, so euphorisch war sie und so sehr genoss sie es, wie Connor ganz leicht nur seinen Arm um ihre Taille legte. Nicht besitzergreifend, wie es manche Männer taten, eher mit einem gewissen Stolz, dass sie zusammengehörten.

Bald erklärte Duncan das Buffet für eröffnet, und als sie an einem kleinen Tisch mit ihrem Teller Platz gefunden hatten, musste sie Connor recht geben. Das Essen war ausgezeichnet und der Service ausgesprochen freundlich. Yael setzte sich mit David zu ihnen, und Evie fragte nach Fleurie.

»Sie ist mir ihren Cousinen irgendwo dort hinten unterwegs. Die drei feiern Abschied«, sagte David, und Yael erzählte, dass es schwierig gewesen sei, einen gemeinsamen Flug zu finden. »David hatte schon im Mai gebucht, und als klar war, dass ich mitkommen würde, waren die Maschinen voll. Sonst wären wir noch bis zum Wochenende geblieben, um beim großen Jahresputz zu helfen.«

»Wir nennen es Frühjahrsputz und der wird erst später im Jahr gemacht«, sagte sie. »Ich fände es anstrengend nach so einer Party.«

David nickte. »In Frankreich kann man auch ausschlafen, andererseits muss ja am nächsten Tag sowieso aufgeräumt werden.«

»Ach, habt ihr euch entschlossen, noch zu bleiben und mir morgen zu helfen?« Charlotte ließ sich schwer auf einen Stuhl fallen. »Ich fühle mich wie ein gestrandetes Walross, aber meine Ärztin schwört, dass es keine Zwillinge sind.«

»Vielleicht sind es drei«, sagt ihr Bruder David trocken.

Charlotte schlug mit einer Serviette nach ihm. »Findest du es lustig, deiner Lieblingsschwester Angst einzujagen?« Sie lachte. »Ich würde sagen, zur Buße solltest du mindestens einen Highland-Reel mit Yael tanzen.« An die anderen gewandt erklärte sie: »Mein Bruder ist der schlechteste Tänzer, den ihr euch vorstellen könnt.«

»Das glaube ich nicht.« Yael stand auf und streckte ihm die Hand entgegen.

»Doch, ich fürchte, sie hat recht.« Widerstrebend erhob er sich von seinem Stuhl.

»Und was ist mit euch? Connor tanzt ganz passabel. Leider vergisst er die Figuren und stiftete jedes Mal ein heilloses Durcheinander.«

Evie musste lachen, als sie sah, wie er an die Decke blickte, als erwarte er von dort oben göttlichen Beistand. »Dann passen wir gut zusammen, ich bin in der Schule aus der Tanzgruppe rausgeflogen. Der Lehrer fand, ich interpretiere die Choreografie *eigenwillig*. Komm, das wird ein großer Spaß!«

»Aber nur für Charlotte, die hier in Sicherheit ist.« Connor und David klopften sich gegenseitig auf die Schultern.

»Männer, traut euch!« Lady Torgorm hatte sichtlich Spaß daran, die beiden leiden zu sehen.

Die Sängerin der Band gab in fröhlichem Ton Anweisungen: »*Loons* auf der einen Seite, *Quines* gegenüber.« Männer und Frauen stellten sich folgsam jeweils in eine Reihe. Die Musik begann und alle gaben ihr Bestes. Es wurde schnell offenbar, dass einige talentierte Tänzer und Tänzerinnen dabei waren, einer von ihnen war der beleibte Patenonkel von den Hebriden. Doch auch Connor und David machten keine schlechte Figur. Sie drehten sich zwar dann und wann in die falsche Richtung, aber niemand nahm es übel.

Evie war anfangs recht nervös, sie hatte tatsächlich zuletzt in der Schule auf diese Weise getanzt. Offenbar vergaß man die einmal erlernten Schritte jedoch nicht so rasch, und schon bald ließ sie sich fröhlich herumwirbeln. Beim nächsten Reel kamen weitere Gäste hinzu, und es wurde konfus. Sie bildeten einen Kreis, und die Männer schienen die Aufgabe zu haben, mit möglichst vielen Frauen zu tanzen. Manchmal fand sie sich in einem Reigen mit anderen Tänzerinnen wieder, dann tanzten die *Loons*, also die Männer, für sich, was schnell zu einem lustigen Wettstreit wurde. Die Kilts und Röcke flogen so hoch, dass es den Zusehenden bestimmt Freude bereitete. Evie war dankbar für ihre blickdichten Strumpfhosen. Als das Lied endete, war sie vollkommen außer Atem, aber glücklich. David bot an, Getränke zu holen, und Connor ging mit ihm. Gedankenverloren sah sie ihnen nach. Das gemeinsame Tanzen war noch so eine Sache, die sie nie vergessen würde.

»David muss sich unbedingt auch einen anschaffen«, sagte Yael.

»Was meinst du?« Dann ging ihr ein Licht auf. »Einen Kilt? Der würde ihm bestimmt stehen und bei seiner Schwester triffst du auf offene Ohren. Sie hat behauptet, ihren Mann niemals geheiratet zu haben, wenn er den Antrag nicht darin gemacht hätte. Wie schade, dass ihr nicht noch in Edinburgh Station macht, um einen in Auftrag zu geben.«

»Vielleicht beim nächsten Besuch.« Yael zwinkerte ihr zu. »Ich wette, du würdest auch gern länger in Schottland bleiben.«

Evie seufzte. Weil sie nicht über den morgigen Abschied nachdenken wollte, fragte sie schnell: »Wie kommt es, dass du die Schrittfolge der Tänze kennst?«

»Als David mir gesagt hat, dass wir nach Schottland fliegen, habe ich ihn ausgequetscht, was mich hier erwarten würde. Danach habe ich mir eine Menge Videos angesehen und heimlich mit meiner Schwester geübt«, gestand sie und fügte hinzu: »Es ist immer von Vorteil, vorbereitet zu sein.«

»Da hast du wohl recht. Ach, da kommen ja unsere Tanzbären mit den Drinks.«

Yael kicherte. »Das lass sie lieber nicht hören. Ich finde, sie haben sich prima geschlagen.«

Sie nahmen ihre Getränke entgegen, als die Lichter gedämmt wurden. Connor sagte: »Das Feuerwerk aus Edinburgh.«

»Oh, wie schön!«

Und das war es auch. Am Ende der Übertragung

lauschten sie dem Countdown. Auf den Glockenschlag zum Jahreswechsel stimmte die Sängerin *Auld Lang Syne* an, und alle Gäste fielen ein. Es war ein ergreifender Augenblick. Als der letzte Ton verklungen war, standen ihr Tränen in den Augen.

Connor küsste sie ihr einfach fort. »*Happy New Year, Mo chridhe!* Ein glückliches neues Jahr, mein Herz!«

Der besondere Moment währte nur kurz. Man prostete sich zu, Hände wurden geschüttelt und gute Wünsche ausgetauscht. Die fröhlichen Stimmen, die Musik, alles verschwamm zu einem Hintergrundrauschen, und sie spürte kaum, dass er ihr den Schal wieder umlegte, den sie am Tisch zurückgelassen hatte, und sie auf die Terrasse hinausführte. Er stellte sich hinter Evie und wiederholte seine Neujahrswünsche. Haltsuchend schmiegte sie sich in die Umarmung. Der Tweed seiner Jacke kratzte an ihrer Wange, und diese Berührung hatte etwas Tröstliches.

Die Nacht war klar, über ihnen wölbte sich ein gigantischer Sternenhimmel. Sie legten den Kopf in den Nacken und sahen schweigend hinauf in die Unendlichkeit. Es bedurfte keiner Worte, um zu wissen, wie nahe sie sich in diesem Augenblick fühlten. Und dann geschah das Unglaubliche: Ein feiner Lichtstrahl flog über den Himmel, nur ganz kurz, schnell verglühte er über den Bergen.

»War das …?«, fragte sie und er sagte ebenso verwundert: »Du kannst dir etwas wünschen. Aber nicht verraten!«

Evie wiederholte ihren Wunsch in Gedanken voller

Sehnsucht, und als sie sich umdrehte, um sich von ihm küssen zu lassen, glaubte sie in seinen Augen das gleiche Verlangen zu lesen, das ihr Herz schmerzen ließ.

»Das Wunderbarste an Wundern ist, dass sie manchmal wirklich geschehen«, raunte er ihr zu. »Lass uns nach Hause gehen, *mo chridhe*.«

DIE AUTORIN

Julie Clairmont | Jeanine Krock hat u.a. auf Martinique, rund ums Mittelmeer und in Großbritannien als Costumière und Modelbookerin gelebt und gearbeitet. Später war sie als Relocation Consultant und im Musical-Theater tätig; hat Büros organisiert, Wohnungen eingerichtet und – warum auch immer – Konzerttickets und Socken sortiert.

Als Julie Clairmont lebt sie ihre französische Seite in provenzalischen Liebesromanen aus – und neuerdings auch in schottischen Dorfgeschichten. Es hat sich so ergeben. Das Schicksal macht offensichtlich selten das, was man von ihm erwartet, es führt uns am liebsten in Schlangenlinien durchs Leben, nicht selten an unerwartete Orte …

„An der Schwelle des neuen Jahres lacht die Hoffnung und flüstert, es werde uns mehr Glück bringen."

— ALFRED TENNYSON, 1. BARON TENNYSON

KONTAKT

Sie finden mich online
instagram: jeanine.krock & writingsassenachs
facebook: JeanineKrock.Autorin
www.jeaninekrock.de

Wer nach neuer Lektüre sucht, ist meist dankbar für Tipps anderer Leser:innen. Wir Autorinnen und Autoren leben davon, dass man über unsere Bücher spricht.

Freundliche Rezensionen oder Kommentare helfen uns, in einem immer unübersichtlicher werdenden Buchmarkt gefunden zu werden. Und wer wäre nicht glücklich, wenn die eigene Arbeit von Monaten und manchmal sogar Jahren auf diese Weise belohnt wird?
Deshalb freue ich mich sehr über jede Leseempfehlung, die ich im Online-Shop oder in einer Buch-Community (Social Media, Buch-Blogs, Leserunden usw.) entdecke.

Herzliche Grüße und bis hoffentlich ganz bald
Julie Clairmont / Jeanine Krock

BÜCHERBRIEF UND DANK

Hat Dir die Reise in die Provence gefallen?

Neuerscheinungen, exklusive Buchverlosungen, Textschnipsel und private Einblicke in die Schreibwerkstatt erhältst Du als Abonnent:in meines Bücherbrief-Newsletters. www.jeaninekrock.de

*Den QR-Code einscannen und eine kostenlose Geschichte downloaden: **Amarine** – Eine kleine Meerjungfrau*

Herzlichen Dank allen Freund:innen, Leser:innen, Kolleginnen und meiner Familie für die großherzige Unterstützung in guten wie in schwierigen Zeiten ebenso, wie für das gemeinsame Lachen – auch wenn wir uns nur online sehen und hören oder schreiben.

Mein besonderer Dank gilt Johanna fürs gemeinsame Plotten, für das geduldige Zuhören und dafür, dass du immer an mich glaubst. Das tut so gut!

Ein großer Dank geht an Uschi für den scharfen Blick, Stefanie Penz für das virtuose Jonglieren mit Statistiken und an meine DELIA-Autoren-Kollegin Ela van de Maan für die BleedBox im Beschnitt. Ich kann nicht mal genau erklären, was das ist (es klingt gefährlich), aber man braucht es beim Buchdruck.

Ebenso herzlich bedanke ich mich bei Catherine, Constanze, Katharina und Kristina Günak, meiner Wortfinderinnen-Kollegin und Lieblingsnachbarin. Last but not least: Ein großes *Thank ye* den schottlandverrückten Kolleginnen der Autorinnengruppe @WritingSassenachs (Instagram) für ein fantastisches gemeinsames Jahr – mögen noch viele weitere folgen.

LESEEMPFEHLUNGEN

PROVENZALISCHE LIEBE, JULIE CLAIRMONT

- **Lavendelblütenträume**
- **Jasminblütenzauber**

LAVENDELBLÜTENTRÄUME. Die junge Französin Lila liebt das Leben und die zauberhaften Sommer ihrer provenzalischen Heimat. Doch ein Geheimnis belastet die fröhliche Lebenskünstlerin und nach einem schweren Schicksalsschlag ist ihre Zukunft ebenso ungewiss, wie die des charmanten Landhotels, in dem sie aufgewachsen ist.

Als sie dem erfolgsverwöhnten kanadischen Architekten Ben begegnet, fliegen die Funken und schon bald entwickelt sich eine zärtliche Liebe. Das Glück scheint zum Greifen nahe, – bis Bens Vergangenheit ihn einzuholen und alles zu zerstören droht …

Jasminblütenzauber

Der Kuss war anders - als lernten sie sich neu kennen, und gleichzeitig fühlte sich jede Berührung noch inniger an. Ihre Herzen öffneten sich wie Blütenkelche in der Morgensonne.

DIE WELT IST IHR ZUHAUSE. Die Französin Yael lebt als digitale Nomadin wo es ihr gefällt. Als sie eine Stippvisite in die Provence macht, erwartet sie eine unangenehme Überraschung: Ihre liebenswürdige Tante liegt im Krankenhaus, deren Haus in Sainte-Émilie befindet sich in keinem guten Zustand und der kleine Laden ist geschlossen.

DAVID LEBT UND UNTERRICHTET IN AIX-EN-PROVENCE. Begeistert von Yaels Energie und ihrem natürlichen Charme möchte er sie näher kennenlernen. Doch das Glück seiner kleinen Tochter ist für ihn das Wichtigste im Leben. Der attraktive Witwer weiß: Wenn er sich für die Liebe entscheidet, dann muss er sich seiner Sache 100%ig sicher sein ...

Was wäre eine Reise in die Provence ohne gutes Essen?

Einige von mir ausprobierte und verfeinerte provenzalische Lieblingsrezepte sind auf meiner Website zu finden.

JEANINE KROCK

DARLINGTON – Eine zauberhafte Saison

London, 1811. Tamira Darlington-Devi und ihre Geschwister sind in Indien als Kinder einer englischen Lady und eines indischen Adligen aufgewachsen. Es ist die erste Saison für Tamira, doch die eigenwillige junge Frau ist überhaupt nicht erpicht darauf, einen Ehemann zu finden. Sie setzt alles daran, ein verschwundenes Erbstück der Darlingtons aufzuspüren, wenn es sein muss auch mit verbotenen Mitteln.

Während einer Nachmittagsgesellschaft erwischt Julian Weston, der Duke of Asherton, Tamira bei einem Einbruch und ist sofort fasziniert von ihr. Fortan kommt es zu sonderbaren Begegnungen zwischen Tamira und dem Duke – entspringen die prickelnden Momente, die beide wahrnehmen, nur ihrer Fantasie?

Ein magischer Sommer beginnt ...

JEANINE KROCK

- **Das Geheimnis von Hazelfield**
- **Wind der Zeiten**

Was tun, wenn du eines Morgens im 18. Jahrhundert erwachst und deine einzige Rückfahrkarte ist ein unverschämt attraktiver Highlander? Bleiben oder weglaufen?

Eine magische Zeitreise in die wilden schottischen Highlands des 18. Jahrhunderts.

>*»Faszinierend und berauschend –*
>   *die Zeitreise-Romane von Jeanine Krock machen süchtig nach rauen Highlandern mit liebenden Herzen.«*

KIRI JOHANSSON

- **Islandsommer**
- **Das Haus am Ende des Fjords**

»*Johansson komponiert die Liebesgeschichte ihrer musikalischen Protagonisten feinfühlig und ruhig. Gibt ihnen Zeit. Erzählt ihre Geschichte weiter. Das ›Ich liebe Dich‹ ist nicht das Ende.*

— SIMONE D